KB124178

보통의 날처럼 _ 여행하기

정윤숙 지음

보통의 날처럼_ 여행하기

1판 1쇄 펴낸날 2023년 7월 20일
1판 2쇄 펴낸날 2024년 1월 20일

글 정윤숙 **사진** 김태식·정윤숙
총괄 이정욱 **편집·마케팅** 이지선·이정아 **디자인** Design ET
펴낸이 이은영 | **펴낸곳** 도트북
등록 2020년 7월 9일(제25100-2020-000043호)
주소 서울시 노원구 동일로 242길 87 2F
전화 02-933-8050
팩스 02-933-8052
전자우편 reddot2019@naver.com
블로그 blog.naver.com/reddot2019
인스타그램 @dot_book_
ISBN 979-11-93191-00-2 03810

* 이 책은 Mapo금빛나루 글꼴을 사용하여 디자인되었습니다.

보통의 날처럼 _ 여행하기

정윤숙 지음

도토북

차 례

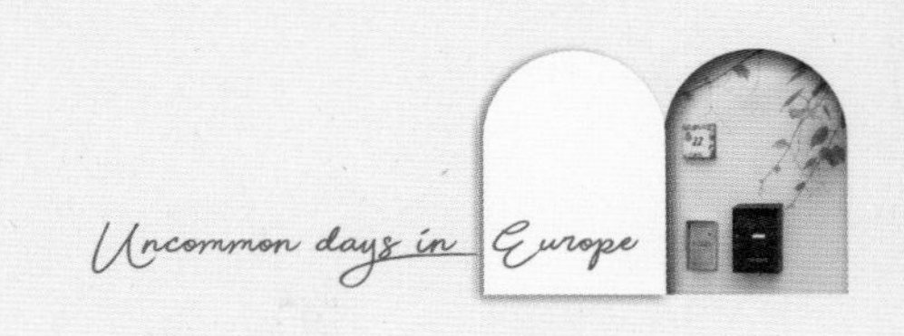
Uncommon days in Europe

Part 2 · 유럽의 골목 안, 잠시 쉬어갈 곳으로

Uncommon days in Europe

낯선 도시 여행자를 찾습니다

어릴 적부터 호기심이 많았던 나는 골목길을 찾아다니는 걸 좋아했다. 가끔 길을 잃어 엉뚱한 방향으로 가기도 했지만, 낯선 동네에서 새로운 모습을 발견할 때면 조용히 탄성을 지르곤 했다. 난 내비게이션이 없으면 어딜 다니지 못하는 천하의 길치지만, 새로운 곳에 대한 탐험의 의지는 늘 충만했다. 다만, 내가 다녀온 여행지를 회상해 보면 오지 탐험 같은 자연인의 길을 찾았던 건 아니다. 도시에서 살았고, 도시에서 자랐으며, 도시의 구석구석 숨겨진 아지트들을 발견하면서 오는 희열을 좋아하는 난, 도시 여행자다.

결혼 후 유럽으로 떠나는 짐 가방을 꾸리면서 우리의 길 위의 삶은 시작되었다. 유목민 아닌 유목민의 삶을 살게 된 것이다. 다행히 남편은 나보다 더한 트레블러였고, 아이가 태어난 지 생후 2개월부터 우리의 장거리 여행은 일상이 되었다.

유럽에 정착하고 유럽 생활 8년 차에 접어드는 지금까지 우린 얼마나 많은 곳을 여행했을까. 얼마나 많은 곳을 다녔는지 숫자를 세는 건 무의미하다. 내 머릿속에 얼마나 많은 골목길이 숨어 있는지, 얼마나 많은 보석 같은 골목길이 존재하는지를 되돌아보고 싶었다. 그것이 나의 진정한 여행 목적이자 일상의 무료함을 채우는 일이었기 때문이다. 외국살이에서 오는 허망함과 외로움은 어쩔 수 없이 존재한다. 하지만 그로 인한 갈증과 답답함은 항상 새로운 여행 계획을 세우면서 설렘으로 바뀌곤 했다.

우리의 여행 방법은 단순하다. 목적지와 가고 싶은 거리를 정하는 것. 그리고 그곳에 자연스레 걸어 들어가는 것. 여행자로서 우리가 지켜야 하는 것은 그곳에서 이질적인 타인이 되지 않아야 한다는 것이다. 그래야 그곳의 솔직한 모습을 더욱더 잘 볼 수 있게 된다.

천천히 도시의 골목길을 걷다 보면 그 도시만의 흔적들을 느낄 수 있다. 오래된 골목길의 모습 속에서는 세월이 전하는 공간의 가치들이 속속들이 전해진다. 낯선 일상의 설렘이 주는 에너지로 온몸을 충전하는 일은 생각만 해도 즐겁다. 여행했던 곳의 사진만 보아도 그때의 시간과 공간, 분위기와 냄새, 바람과 햇빛, 공기의 축축함과 차가움 등이 고스란히 느껴진다.

이 책은 친절한 여행서는 아니다. 다만 낯선 도시에서 마주한 삶의 이면과 새롭게 발견한 공간들, 소소한 일상의 행복을 전하고 싶었다. 이 책과 함께 유럽의 골목길, 작은 카페, 리모델링한 아트 스페이스, 작은 마을의 거리 마켓으로 여행을 떠나 보는 건 어떨까. 낯선 도시 여행자들 앞에 또다른 골목길이, 어느날 문득 나타나길 기대한다.

2023년 뜨거운 여름날

정윤숙

Part. 1

그곳으로 스며드는 가장 좋은 방법

Uncommon days in Europe

여행자로서 바라본
유럽의 작은 골목과 풍경들

미국에서 체코로 거처를 옮기면서, 우리는 3년 동안만 있을 생각이었다. 그래서 틈나는 대로 유럽 곳곳을 다녀보기로 했다. 아이도 어렸고, 남편은 방학이라는 긴 휴가가 있는 직업을 가지고 있었기에 가능했다. 도시를 벗어나 다른 도시로 가는 데 최소한 7시간이 걸렸던 미국 중부, 그곳에 살던 우리에게 도시와 국경이 모두 맞닿아 있는 유럽은 그저 신기하기만 했다. 서로 맞닿아 있는데도 문화가 다르고, 언어가 다르고, 건축 양식도 달랐다. 같은 재료라도 서로 다른 먹을거리를 만들었다. 다만 몇백 년이 흘렀어도 그들만의 양식을 온전히 고수하고 있다는 건 변함 없는 특징이었다. 우리가 한 건 그저 걸으면서 그것들을 바라보는 일이었다.

그 사이 시간이 흘러 체류 기간은 3년에서 10년이 되었다. 세 살 먹은 아이는 열두 살이 되었고, 그 시간만큼 우리도 유럽의 많은 곳을 돌아볼 수 있었다. 유럽의 다양한 도시와 시골에서 만난 아름다운 풍경들, 그곳에서 만났던 다양한 사람들과 골목길, 그곳에 두고 온 우리의 시간은 고스란히 소중한 추억으로 남았다. 그 기억을 더듬으며, 다시 여행을 떠난다.

KINE
UPS

알프스 시골 마을에서 만난 가을 숲의 겨울 왕국

독일, 그라펜하우젠
GRAFENHAUSEN IN GERMANY

우리가 이 마을을 선택한 이유는 단순하다. 물가가 비싼 스위스에 가기 위해 숙소가 저렴한 독일에 머물면서 자동차로 근교의 스위스 여행을 계획한 것. 알프스산맥은 무려 유럽 8개의 나라에 걸쳐 있다. 우리가 흔히 아는 스위스, 프랑스, 오스트리아뿐 아니라 독일, 이탈리아, 슬로베니아, 모나코, 리히텐슈타인까지. 그냥 알프스를 보러 간다고 하지만, 어느 곳의 알프스에 가느냐에 따라서 지역마다 보이는 산세가 다르기도 하고, 나라별로 지붕 색이며 집의 풍광이 달라 전혀 다른 알프스의 모습을 볼 수 있다. 우린 그중에서 스위스 국경과 마주하고 있는 독일의 알프스 마을을 숙소로 정했다.

그라펜하우젠. 마을 이름은 생소하지만, 유럽에서 가장 규모가 큰 라인 폭포를 볼 수 있는 마을의 바로 옆이다. 시내 중심에서 차로 15분 정도 가면 되는데, 꼬불꼬불 산길로 한없이 올라간다. 우리도 열심히 올라갔지만, 산길을 익숙하게 올라가는 현지인들의 속도에 맞춰 가는 건 무리다. 우리 속도대로 쉬엄쉬엄 올라가니 한적한 동네가 나온다. 산에서 농작물을 키우고 사냥하고 장작을 패서 사는, 유럽 산속의 진짜 시골 모습이다.

우리가 며칠간 묵게 될 숙소는 여느 독일 집처럼 깔끔하게 정리되어 있었다. 집 안을 돌아보고 잠시 산책하러 나가려는데 갑자기 눈이 쏟아지기 시작했다. 처음엔 그저 눈이 반갑기만 하다가 쉴 새 없이 쏟아지는 함박눈에 눈이 번쩍 뜨였다. 지금은 10월, 우린 당연히 10월에 겪어야 할 날씨를 생각하며 여행을 떠났더랬다. 이런 변수, 그것도 놀랄 만큼 아름다운 알프스의 눈 세상을 바로 눈앞에서, 무려 10월에 만날 거라고 누가 상상이나 했을까.

세상일이 자기 뜻대로 되지 않듯, 여행도 늘 계획한 대로 되지 않는 법. 우린 전혀 예상치 못한 이 눈 세상을 잠시 멍하니 바라보았다. 집에 있는 스키 바지며 두툼한 겨울 점퍼와 겨울 부츠가 떠올라 영 아쉬웠다.

그런데 지금 중요한 건 우리 눈 앞에 펼쳐진 눈 세상이 사라지기 전에 만끽해야 한다는 사실이었다. 일단 가지고 온 옷 중에서 가장 따뜻한 옷과 눈을 막아줄 만한 모자와 장갑을 챙겨 밖으로 나섰다.

산등성이 그것도 고지대에 있는 마을이라, 집을 나서자마자 영화에서나 봄 직한 울창한 나무로 뒤덮인 숲으로 이어져 있다. 조금만 구경하고 들어오자 했는데 한 시간여 동안 쌓인 눈에 발이 푹푹 빠진다. 아이는 혀를 내밀어 눈을 맛보기도 하고 새하얀 눈 위에 새로 난 아빠의 발자국을 따라 걸으며 까르르 웃어 재낀다. 말없이 고요하게, 눈 쌓이는 소리만 가득한 가을 숲에 우리의 웃음소리가 울려 퍼진다.

처음 밟아본 함박눈에 대한 기억이 언제였는지 기억조차 안 날 만큼 이날의 추억은 눈에 대한 모든 아름다운 감상을 덮어버렸다. 온통 하얗다는 말이 괜한 말이 아닐 정도로 눈에 보이는 모든 것이 새하얗다.

크리스마스트리로 주로 쓰이는, 높이가 3~4미터는 족히 넘는 가문비나무의 가지마다 눈송이가 무겁게 내려앉았다. 이 나무의 나뭇가지는 원래도 아래로 향해 있기는 하지만, 마치 오랜 세월 눈을 맞아 아래로 휜 것 같은, 그런 모양새다. 한쪽 나뭇가지를 잡고 살짝 튕겨주면 눈이 사방으로 나부끼면서 후드득 하고 떨어져 내린다. 이것이야말로 진풍경이 아닐 수 없다. 숲속으로 3백여 미터쯤 걸어 들어갔을까, 눈이 그칠 기미가 보이지 않아 더 깊이 들어가는 건 포기하고 발길을 돌려 마을로 나왔다.

눈이 쌓이는 깊고 깊은 숲은 세상에 오로지 우리만 있는 것 같은 착각이 들 만큼 아늑하고 고요했다. 동시에 이렇게 고립되면 아무것도 못 하고 그냥 여기에 갇혀 있겠구나 싶은 불안감도 들었던 건 아무에게도 말 못 한 사실이다. 지금도 우리 가족의 눈에 관한 이야기는 이곳에서 시작해서 이곳에서 끝이 난다.

처음 밟아본 함박눈에 대한 기억이 언제였는지 기억조차 안 날 만큼
그날의 추억은 눈에 대한 모든 아름다운 감상을 덮어버렸다.
온통 하얗다는 말이 괜한 말이 아닐 정도로 눈에 보이는 모든 것이 새하얗다.

세월의 무게가 고스란히 담긴 중세 시대 느낌의 성 마을

이탈리아, 아르코

ARCO IN ITALY

○

아르코는 지금도 여전히 중세 시대에 들어온 듯한 착각을 불러일으킬 만큼 세월의 무게가 고스란히 담긴 이탈리아 마을이다. 높은 산 위에 단단한 돌벽으로 둘러싸인 성이 있고, 그 아래로 붉은 벽돌의 집들이 나지막이 펼쳐져 있는 마을이 있다. 성에 올라가면 마을과 마을을 둘러싼 산의 전경이 한눈에 펼쳐진다. 마치 잠자는 숲속의 공주 이야기나 숲에 사는 난쟁이 요정 이야기가 몇십 개쯤 나왔을 것만 같은, 신비롭고 아름다운 마을이다.

성으로 통하는 마을 입구에는 아치형의 문이 있는데 이곳이 성 아랫마을의 대문 역할을 한다. 이 마을 입구에서 안쪽으로는 작은 골목길을 따라서 오래된 집들이 늘어서 있다. 우리가 갔을 때는 마치 사람들이 살지 않는 세트장처럼 오가는 사람을 구경하기가 힘들었다. 가끔 성으로 향하는 관광객들이 두세 명씩 무리 지어 지나가기도 했지만, 대부분의 시간 동안 동네를 걸어가는 우리의 발소리와 말소리만 조용히 울려 퍼졌다.

골목길을 지나는데 어디선가 아이와 엄마의 대화가 들린다. 고개를 들어 바라보니 2층 발코니에서 두 살 남짓 되어 보이는 꼬마가 엄마와 이야기하는 소리였다. 그들도 힐끗 우리를 바라보더니 다시 집안으로 쏙 들어가 버린다.

골목 사이가 좁고 집이 거의 마주 보고 있으면서 동네가 조용하다 보니 옆집에서 이야기하는 소리까지 들리지 않을까 싶은데, 그들에겐 이것 또한 일상이리라.

골목길은 성 쪽으로 이어져 있었는데 마을의 중간쯤 왔을까, 커다랗고 네모난 돌로 만들어진 통 안에 물이 가득 찬 우물가 같은 곳이 보였다. 벽면에 큰 사진이 붙어 있었는데 아주 오래전부터 마을의 공동 빨래터로 사용하

여기에서 찍은 사진들은
한결같이 시간이 멈춘 듯한 느낌이다.

햇빛에 오래 닿아 바랜 듯한 벽면과
구조물이나 덧창이 만들어낸 그림자가
마치 그림의 한 장면 같은
모습을 연출한다.

던 유서 깊은 공간이었다. 지금도 이곳을 사용하고 있는 듯 세탁을 마친 수건과 러그 등이 걸려 있다. 시대의 유물 같은 이곳이 보존이 잘 되어 있는 것도 신기했지만 여전히 사용하고 있다니 그저 놀라울 따름이다.

성 쪽으로 좀 더 가까이 다가가니, 입구 쪽에 동네 카페가 있다. 밖에 놓은 의자에 동네 사람들로 보이는 나이 지긋한 사람들이 앉아 커피를 마시면서 담소를 나누고 있었다. 사람들도 카페도 수십 년 전부터 이 마을에 원래 존재하는 것처럼 자연스럽다.

이 마을은 아르코 카니발(Carnevale di Arco)이라는 이름으로 매해 열리는 카니발 축제로 유명하다. 이런 조용한 마을과 화려한 축제라니, 뭔가 아이러니한 느낌이지만 평소 관광객이 많지 않을 것 같은 마을에서 이런 축제는 일년을 살게 하는 활력소가 되지 않을까 추측해 본다.

그 옆길을 따라 올라가면 성으로 가는 널찍한 길이 나온다. 경사가 있는 산길을 오르기 좋도록 닦아두어 산책하기에 좋았다. 산을 오르는 내내 옆쪽으로 마을 길이며 풍광이 보여 지루할 틈이 없다.

무엇보다 나의 걸음을 즐겁게 해준 건 햇빛에 반짝이며 빛나던 올리브나무의 싱그러움이었다. 이렇게 가까이서 올리브나무를 본 건 처음이었는데, 아직 올리브가 달리기 전 잎사귀의 색감이 어찌나 예쁜지 마음 같아선 나뭇가지 하나를 들고 오고픈 심정이었다. 중간쯤에는 작은 전망대가 있어서 마을 아래를 한눈에 내려다볼 수 있도록 꾸며놓았다. 올리브 나무 한번, 하늘 한번, 마을 풍경 한번, 번갈아 쳐다보면서 걸으니 어렵지 않게 성 앞에 다다랐다.

크고 탄탄한 돌로 지어진 성탑은 멀리서 봤을 때처럼 웅장한 모습은 아니었다. 생각보다 크지는 않았지만, 세월의 더께가 여기저기 내려앉아 있다. 그 앞쪽으로는 '이 높은 곳에 어떻게 이런 평지가 있을까?' 싶을 정도의 넓고

PAULANER
PAULANER

푸른 잔디밭이 펼쳐져 있었다. 그 끝은 절벽이지만 그곳에서 바라본 아르코의 풍광은 말로 표현할 수 없이 평화로웠다. 우리처럼 아르코의 아름다운 풍광을 보러 온 사람들이 삼삼오오 모여서 햇빛과 바람을 즐기고 있었다.

아르코 여행은 마치 마법에 걸린 것처럼 지금도 그 모든 순간이 눈앞에 그려진다. 마을의 아치문을 들어가는 순간부터 성의 잔디밭에 설 때까지. 그 따사로운 햇볕과 그늘진 창, 골목길의 냄새 그리고 올리브나무를 지나올 때 불던 은은한 바람까지, 아름다운 면면을 눈으로 마음으로 훑으며 다녔다.

마지막 성 앞에서 아르코 마을을 바라보고 섰을 때 나도 모르게 무장 해제된, 날 것의 마음이 내 앞에 서 있었다.

아르코 여행은
마치 마법에 걸린 것처럼
모든 순간이 눈앞에 그려진다.

지나가는 사람들을 위해 대문 밖까지 꾸미는 사람들

스위스, 슈타인 암 라인
STEIN AM RHEIN IN SWITZERLAND

○

라인 강가를 끼고 있는 마을은 날이 좋은 여름에만 관광지로서의 역할을 한다. 이런 마을의 특징은 날이 추워지면 관광객이 줄어들면서 아주 한적해진다는 것. 비수기에 강가의 관광지를 본다는 건 성수기의 활기 있는 마을과 사람들의 모습을 포기하는 대신, 그 마을이 가진 본연의 모습을 좀 더 잘 들여다볼 수 있다는 뜻이 된다.

슈타인 암 라인은 유서 깊고 고풍스러운 작은 마을이다. 역사적으로 강이 있는 곳에는 마을이 형성되는데, 강가 바로 옆의 마을은 비옥해서 잘 먹고 잘살았던 그 당시의 삶이 고스란히 배어있다. 유럽 대부분의 오래된 마을이 그렇듯, 1백 년 이상 된 건물들은 여전히 그 명맥을 유지하고 있어서 중세 유럽의 아름다움을 그대로 볼 수 있다.

강가에 있는 제법 규모가 큰 레스토랑 옆길로 들어가 안쪽 길을 걸어보았다. 유럽에서 흔히 볼 수 있는, 1층에는 상가가 있고 위층에는 살림집이 있는 3, 4층 건물들이 어깨를 나란히 하고 있다. 상가는 대부분 동네의 가게들인데 꽤 잘 만들어진 제품들을 판매한다. 카페 옆에 베이커리, 그 옆으로 수

제 장난감을 파는 장난감 가게, 그 옆으로 구둣가게, 그 옆으로 다시 레스토랑… 이런 식으로 끊임없이 작은 가게들이 이어져 있다.

가장 눈에 띄는 것은 고풍스럽고 아름다운 철재로 만들어진 간판들. 오랜 세월을 함께한 흔적이 남아 있는데도 관리가 잘 되어 빛나고 있었다. 집과 오래된 가게들이 함께 어우러지면서 이 작은 마을 전체가 반짝반짝 빛나는 보석 같은 느낌을 준다.

상가 골목을 지나 또 다른 골목으로 걸어 들어갔다. 들어와 보니 관광객들이 자주 들르지 않는, 현지인들이 사는 주택가 골목길이다. 걸어가는 내내 창밖을 꾸민 내추럴한 감각들은 어디에서 오는 걸까 잠시 생각해 본다. 열매가 달린 나뭇가지 하나, 10월의 날씨와 어울리는 크고 작은 호박 장식, 바람

을 맞아 자연스럽게 칠이 벗겨진 의자와 테이블에 올려 둔 아이비와 허브 화분들. 오랜 세월 몸에 밴, 정원을 가꾸고 대문 밖을 장식하던 습관에서 나온 것일 게다. 내 집 앞을 지나는 사람도 함께 느꼈으면 싶은 계절의 아름다움을 상상하며 꾸몄을 것이다.

집주인의 허락을 구하지 않고 남의 집 앞 사진을 찍는 건 사실 안 될 일이지만 이렇게 아름다운 대문과 골목을 그냥 지나치는 것도 예의가 아니다. 한 컷 한 컷 골목을 지나면서 찍은 사진들을 다시 확인해 보면 골목마다 다른 색채와 분위기를 느낄 수 있다. 누가 보든 보지 않든, 마치 마을 사람들끼리 '대문 밖 꾸미기 콘테스트'를 즐기는 것처럼 말이다.

마을의 구석구석을 돌아보다가 어느 한 곳에 멈춰 섰다. 이곳은 사각형 대열로 집들이 들어서 있고 가운데 중정처럼 만들어진 공간이 있다. 그곳에는 마을의 우물 역할을 하는 물을 긷는 수동펌프와 그 물을 담아두는 돌로 만든 커다란 수조가 있었다. 예상컨대, 그 옛날 수도가 없던 시절부터 물도 떠다 먹고 빨래도 했던 공동 수도인 듯했다. 수조에는 푸른 이끼가 끼어 있

고 지금은 분수대 정도의 역할을 하는 듯하지만, 아름다운 옛 마을의 정취를 느끼기에는 충분했다.

그 옆으로 죽 늘어서 있는 집들의 색감이 서로 조화를 이루면서 이곳의 아름다움은 배가 된다. 철이 지날 때마다 주기적으로 페인트칠을 하는 듯, 페인트 하나 벗겨진 곳 없이 깔끔하고 깨끗하게 정리되어 있다. 건물 내부뿐 아니라 외부까지 철저하게 관리하는 이들의 습관이 만들어 놓은 마을의 모습이다.

프랑크푸르트 외곽의 작은 마을

독일, 호흐하임 암 마인

HOCHHEIM AM MAIN IN GERMANY

○

누구나 한 번쯤은 동화 속에 나오는 작은 마을을 꿈꾸곤 한다. 내가 상상했던 동화 속의 마을은, 파란 하늘에 햇볕이 따사롭게 비추는 아늑하고 따스한 분위기로 가득 찬 이미지다. 프랑크푸르트에서 차로 30분 남짓, 마인(Main)강으로 내려가 도착한 호흐하임은 바로 내가 상상했던 동화 속 마을의 모습이었다.

와인 타운이라고 알려진 이곳은 오래된 옛 정취를 간직하고 있는 조용한 시골 마을이었다. 햇빛이 쏟아져 들어오는 마을의 한쪽 면은 모두가 포도밭인데, 그 뒤쪽으로 집들이 자리하고 있었다. 이 자그마한 동네는 번잡함과는 거리가 멀어 보였다. 골목길은 이 마을의 세월을 이야기하듯 구불구불 끝없이 이어져 있었고, 이 골목에서 저 골목까지 가는 길은 서로 다르게 꾸며놓은 창가와 대문을 보는 재미로 지루할 틈이 없었다.

와인 산지답게 이른 오전부터 황금빛 햇살이 골목길 사이사이로 흩어져 내리쬔다. 걸을 때마다 몸을 슬쩍슬쩍 움츠러들게 하는 4월의 쌀쌀한 공기는 따스한 햇볕이 기분 좋게 몸을 덮으면서 저만치 물러간다.

동네 어귀에는 와인 산지임을 알려주는 포도 이미지들이 곳곳에서 눈에

BOTTE

띄었다. 예전부터 활기차게 잘 살았던 이 마을의 여유로움을 상징하듯 조각상과 간판이 세월의 흐름에도 조금의 흐트러짐 없이 빛나고 있다. 집마다 벽면의 페인트가 벗겨질세라 꼼꼼히 칠한 모양새며, 창가에는 뜨거운 햇살을 막아주는 이중 덧문까지… 매일매일 열심히 관리하는 마을 사람들의 손길이 느껴진다.

골목을 돌다가 여러 집들이 이어져 있는 골목 중간에서 무언가를 발견했다. 이게 왜 골목길 한가운데에 있을까 싶은 티테이블과 의자였다. 어느 집의 정원에나 있을 법한, 곡선으로 이루어진 하얀 철재 테이블이다. 테이블 옆을 지나려는데 신기하게도 바로 그때, 어디선가 아름다운 음악 소리가 흘러나왔다. 우리는 마치 환상에 빠져든 사람들처럼 티테이블로 저절로 걸어 들어갔다. 아이는 손에 곰 인형을 들고 있었는데, 그 인형과 함께 티타임을 하겠다며 찻잔을 세팅하고 마시는 시늉을 했다.

지금 생각해도 이상하리만치 모든 것이 완벽했던 가상의 티타임이었다. 골목에서 만난 아름다운 티테이블과 음악 소리, 그 음악에 맞춰 리듬을 타면서 놀던 아이의 몸짓, 그곳을 비추던 아침 햇살의 기억은 아마도 이곳을 기억하는 한 영원히 머릿속에 남아 있을 것 같다.

어떤 여행지든 그때의 계절과 그날의 빛과 날씨의 영향을 많이 받는다. 다시 방문했을 때 예전과는 또 다른 느낌을 받게 될 거라는 뻔한 이치를 알면서도, 그날 그곳에서 받은 느낌은 그대로 여행지의 인상이 되어버린다. 나도 모르게 가졌던 낯선 공기에 대한 설렘과 두려움은 날씨로 인해 굳혀지고, 그곳의 분위기로 인해 변화된다.

숨겨진 아름다움이 가득한
하이델베르크 성의 뒷골목

독일, 하이델베르크
HEIDELBERG IN GERMANY

○

보통 유럽의 4월은 어디든 여행객이 많은 시즌이다. 유럽에서는 이 시즌이 부활절의 긴 휴가 기간이기 때문에 많은 사람이 여행을 떠난다. 아이가 학교에 다니기 시작하면서 이스터 휴가는 좋은 여행의 기회가 되었다.

이스터 휴가 기간에 떠난 하이델베르크는 오래된 대학 도시라는 것 외에는 크게 알려진 곳은 아니다. 오래되고 고풍스러운 도시로만 알고 있던 터라 하이델베르크의 진면목이 궁금하기도 했다.

이 시즌의 유럽은 으슬으슬하게 추워서 어디를 가나 을씨년스럽다는 말이 절로 나온다. 게다가 남편이 지독한 몸살에 걸려 자동차 여행을 계획하면서도 은근히 걱정이었다. 활기찬 대학 도시의 기운이 영향을 미친 덕일까. 다행히 도착하고부터는 발걸음도 한결 가벼워지고 컨디션도 꽤 좋아졌다.

하이델베르크는 베를린의 자유로운 느낌이 있으면서도 신성로마제국에 세워진, 세계에서 가장 오래된 대학 도시다운 클래식한 면모를 갖추고 있었다. 하이델베르크의 박물관에는 존 레논의 사진전이 열리고 있었고, 고풍스러운 붉은 벽돌로 쌓아 올린 성과 그 아래로 족히 백 년은 넘어 보이는 집들

Hotel zum Ritter
HOTEL RITTER
REST
I lost my heart in
Heidelberg
Atlanta

사이에 하나하나 개성을 간직한 가게들이 즐비했다. 특히 서점이 많아서 책을 보는 재미도 쏠쏠하다. 독일어라 책을 읽을 수는 없었지만, 서점의 분위기와 책 냄새는 어느 곳엘 가든 참 좋다. 하이델베르크의 하이라이트는 도시 꼭대기에 있는 성이다. 성 위에 올라서니 아기자기한 마을과 그 마을을 중심으로 흐르는 강 덕분에 고풍스러운 분위기를 간직한 하이델베르크의 진면목을 제대로 볼 수 있었다.

하이델베르크에서 가장 하고 싶은 이야기는 이제부터다. 예상외로 탄성을 지를 만한 장소가 있었는데, 성을 내려올 때에야 그곳을 알게 되었다. 성에는 아래에서 올라가는 주 출입구가 있다. 우리가 발견한 곳은 산 아래에 있는 마을과 연결된 출입구였다. 성 위쪽을 구경하다가 만났는데, 우리는 그곳으로 내려가기로 했다. 올라올 때와 같은 길로 내려가면 어차피 같은 풍경을 보게 될 테니 좀 다른 모습을 보고 싶었다.

Information
NEW YORK

이 길은 성벽을 마주 보고 있는 좁은 성곽길이다. 대부분 관광객은 이 길로 내려오지 않고 주출입구로 다시 내려간다. 성안이 아이가 뛰놀기 좋을 만큼 푸르고 너른 잔디가 가득 찬 곳이라면, 이 골목길은 작고 아기자기한 집들이 성벽 길과 함께 줄지어 있는 한적하고 고요한 길이다.

오래된 옛집 구경을 하면서 내려가다 보니 아래쪽에서 빠른 속도로 차들이 올라오는 소리가 들린다. 인적 드문 도로에, 그것도 이렇게 좁은 길에 도대체 어떻게 차가 올라오는 걸까 싶어 호기심 어린 눈빛으로 차를 보았다. 차문은 딱 2개, 사람이 탈 수 있을까 싶을 만큼 작은 차들이었다.

사람이 별로 없을 것 같은데도 차는 꾸준히 올라오고 그 와중에 오토바이까지 마주쳐서 우린 성벽에 몸을 자주 기대어 서야 했다. 하지만 낯선 풍경마저도 즐거울 만큼 이 동네의 분위기는 아름다웠다. 마치 성의 마을이었던 그 시절로 타임머신을 타고 되돌아간 느낌이었다.

언덕에서 내려오다가 우리가 동시에 멈춰 선 곳이 있었는데, 작은 대문 밖으로 물이 떨어지는 파이프와 꽃 화분들이 모여 있는 곳이다. 대문을 열면 인자한 할머니가 미소를 지으며 서 있을 것만 같은 집이었다. 고요한 골목에 물 흐르는 소리만 졸졸졸 들리는 동네라니, 이 얼마나 멋진가.

골목 끝까지 내려오니 늦은 봄 목련나무에서 떨어진 보랏빛 꽃잎이 사방에 흩어져 있었다. 전날 비가 내려서 마지막 남은 목련꽃들이 더 이상 버티지 못한 것 같다. 아이는 꽃잎이 예쁘다며 두 장을 주워 머리띠에 끼워 달라고 했다. 살짝 끼우니, 마치 토끼 귀처럼 귀엽다. 깡충깡충 토끼 흉내를 내며 얼마나 신나게 뛰어 내려오던지, 귀여운 보라색 토끼 한 마리의 뒤를 쫓으며 제법 포근해진 봄 날씨와 바람을 즐겼다.

험난한 언덕길 위에서 만난
타일 벽화

포르투갈, 리스본
LISBON IN PORTUGAL

○

10월 중반이면 체코는 가을의 끝에 접어들면서 서서히 더위가 꺾이기 시작한다. 10월의 가을 방학을 이용해 방문한 포르투갈은 파란 하늘과 눈부신 햇살이 여전히 뜨겁게 남아 있어 남유럽의 낭만을 고스란히 느낄 수 있었다.

공항에서 내려 에어비앤비로 예약한 숙소까지 가는 길은 남유럽의 이국적인 풍경과 뜨거운 햇빛을 동시에 느낄 수 있는 코스였다. 처음에는 아름답고 이국적인 풍경에 빠져들어 여행의 설렘만 가득 차 있었다. 버스에서 내려 대략 10여 분 정도 걸어가면 되는 길이라 금방 도착할 거라 생각했던 그 어설픈 설렘은 5분도 되지 않아 싹 사라지고 말았다.

캐리어를 끌고 올라가는 길은 끝없이 이어진 구불구불한 오르막으로 생각보다 험했다. 나지막한 종착지처럼 보이는 곳에 다다를 때마다 다 왔어? 다 왔어? 하며 끊임없이 질문을 해대는 아이와 걸어가는 길은 나의 인내심을 실험하는 코스인 듯했다. 따스하게 등을 덮어주던 반가운 햇살도 시간이 흐를수록 등줄기에 땀이 차오르게 하는 얄미운 햇빛으로 변하고 만다.

STOP

늘 그렇듯 낯선 도시에서는 구글맵에 의지해서 가게 되는데, 이번 도시는 구불구불하여 경계를 알 수 없는 오래된 길 때문에 여느 다른 도시들보다 길 찾기가 힘들었다. 오거리, 육거리가 마구 튀어나오는 골목길이 많아 이곳으로 들어갔다가 아, 저쪽인가, 아닌가를 몇 번이고 반복한 끝에야 겨우 목적지에 다다를 수 있었다. 15분의 거리를 마치 열 배의 시간을 들여 도착한 기분이었다.

그런데 집 앞에 도착한 후, 생각지도 못한 아름다운 모습에 작은 환호성이 터져 나왔다. 집은 언덕길 굽이마다 옹기종기 모여 있는 리스본 특유의 작은 단독 주택이었는데, 집의 담벼락과 문에 독특한 타일이 붙어 있었다. 타일 모자이크는 포르투갈만의 특징이다. 어디를 가도 타일로 된 건물과 벽들을 쉽게 찾을 수 있을 만큼 유명하다.

짐을 내려놓고 오후의 빛이 아직 살아 있는 동네를 한 바퀴 돌아보았다. 타일 벽은 우리집뿐만 아니라 지나가는 곳곳 어디서나 볼 수 있었다. 포르투갈 특유의 블루 페인팅 타일이 대부분인데, 블루와 어울리는 옐로나 그린, 레드 등 다양한 색을 접목한 디자인들도 눈에 띈다. 집 앞의 문패나 번지수를 표시한 번호 역시 타일 아트로 붙여 놓은 곳이 많다.

리스본은 예쁘고 아름답지만, 돌보지 않은 곳은 낡고 지저분하다. 페인트가 벗겨진 벽면, 타일이 떨어져 나가 부서진 채 붙어 있는 벽도 많다. 하지만 이런 것조차 주변 풍경과 어우러져 감성을 자극할 만큼 아름답다.

포르투갈의 세라믹 타일 아트는 '아술레호스(azulejos)'라고 불리는데 교회나 궁전, 기차역, 지하철역처럼 공적인 장소는 물론 일반 집이나 공공장소의 의자 좌석에서도 쉽게 볼 수 있다. 원래 타일 아트는 이집트에서 처음 만들어졌지만, 훨씬 더 많이 쓰이고 발전한 곳이 바로 포르투갈이라고 한다.

리스본의 골목을 거닐다 보면 조각조각 장식한 타일 아트가 있는가 하면, 벽면 가득 그려진 아름다운 타일 벽화도 만날 수 있다. 특히 궁전이나 교회, 기차역 안에 그려진 타일 벽화는 기독교의 역사와 관련된 것들이 많다. 이렇게 탄성을 자아낼 만큼 아름다운 그림들을 만나면 그 자리에 서서 찬찬히 들여다본다. 언제 다시 만날지 모를 귀한 아름다움이자, 포르투갈에서만 느낄 수 있는 색다른 묘미 중의 하나니까.

타일이나 페인팅한 벽은 우리집뿐만 아니라 지나가는 곳곳
어디서나 볼 수 있다. 포르투갈 특유의 블루 페인팅 타일이 많다.

페인트가 벗겨진 벽면, 타일이 떨어져 나가 부서진 채 붙어 있는 벽도 많다.
하지만 이런 것조차 주변 풍경과 어우러져
감성을 자극할 만큼 아름답다.

파란색에 한 발짝 더
다가가 있는 도시

포르투갈, 포르투
PORTO IN PORTUGAL

○

우리보다 먼저 포르투갈에 다녀왔던 남편은 다시 한번 온다면 결코 놓칠 수 없는 도시가 바로 포르투라고 했다. 가 봐야 그 이유를 알 수 있다고 호언장담을 해서 여행 일정에 포르투를 넣었다.

리스본의 복잡함과는 조금 다른, 작은 항구 도시 포르투를 직접 눈으로 보고 나서야 그 이유를 알게 되었다. 포르투는 걸어 다니는 구석구석 모두가 끌릴 수밖에 없는 묘한 매력을 가지고 있는 도시였다. 길게 뻗은 좁은 골목길, 가파른 계단과 딱 그 좁은 길만큼만 보이는 파란 하늘과의 조화, 비슷한 듯하면서도 각기 모두 다른 파란빛을 띠는 타일 모자이크 벽, 조금만 걸어가도 어디서나 볼 수 있는 짙푸른 색의 바다. 건물은 물론 거리 전체가 생동감 넘치는 화사한 색상들로 가득 차 있는데, 그것들이 모두 포르투의 파란 하늘과 그렇게 잘 어울릴 수가 없다.

포르투에 도착하자마자 그냥 발길 닿는 대로 골목길 사이사이를 누비고 다녔다. 그중에 기억나는 곳은 옷 가게다. 그곳은 바다에서 입을 수 있는 스포츠웨어 콘셉트의 편안한 평상복을 파는 곳이었는데, 매장 안에 도시 어부

의 대형 포스터를 걸어 놓았다. 포스터 속의 모델은 젊은이가 아닌, 정말 어부처럼 보이는 하얀 수염을 기른 할아버지였다. 바다 내음이 물씬 풍기는 거칠고 독특한 느낌의 포스터. 그 가게 안쪽은 오래된 선실처럼 꾸며 놓았는데, 빈티지 가구와 빈티지 선실 용품들이 눈에 띄었다.

그런데 그보다 내 눈을 사로잡았던 건 진짜 배처럼 동그랗게 만든 창을 통해 보이는 바다 풍경이었다. 창에는 창문이 없어서 바닷바람이 그대로 가게 안쪽까지 시원하게 들어왔다. 마치 내가 바다로 나가 있는 듯한 느낌.

난 그곳에 오랫동안 머물고 싶은 충동을 느꼈다. 이미 구경을 마치고 나간 남편과 아이의 재촉만 아니었다면 영영 그곳에 있었을지도 모른다. 포르투는 내가 느낀 그날의 바닷바람처럼, 신선하고 자유로운 느낌의 도시이다.

옷 가게에서 나와 바다 쪽으로 걸어갔다. 뒤에서 따라오던 아이는 작은 노트와 펜을 들고 다니면서 계속 그림을 그려 댔다. 아이도 포르투의 자유로운 분위기를 몸으로 느낀 듯하다.

그렇게 걷다가 양지바른 벤치 위에서 잠자던 고양이를 발견했다. 너무 곤하게 자고 있어서 사람이 다가가도 깨지 않는다. 아이가 고양이를 보고 있으니 지나가던 할머니가 아는 체를 한다. 딱 봐도 이방인인 우리에게 포르투갈어로 이야기를 건네는데, 여기에 고양이가 많고 얘는 일어나지 않을 모양이라는 내용인 듯하다. 남유럽 특유의 친화력을 어김없이 발휘하던 할머니는 자기 할 말만 하곤 언제 그랬냐는 듯 휙 돌아 다시 자기 갈 길을 갔다.

우리는 그 길을 돌아 마을 위쪽으로 올라갔다. 경치를 볼 수 있는 계단참에 이르러서 앞을 내려다보니, 포르투의 눈부신 햇살과 더불어 하늘인지 바다인지 모를 파란 풍경이 눈앞에 펼쳐졌다.

포르투에는 랜드마크인 철교 하나가 있는데, 이쪽 마을과 저쪽 섬마을을 이어주는 다리다. 이 다리에 얽힌, 지금도 알 수 없는 아리송한 작은 사건이 하나 있다. 예전에 남편이 혼자 방문했던 이곳에서 우연히 이 다리 위를 걸어

가게 되었단다. 다리 가운데쯤 왔을 때 경치도 보고 사진도 찍을 겸 바다 쪽을 보고 다리 난간에 기대어 섰는데, 하늘 위에서 무언가 반짝하는 것이 보였다는 것이다. 그 다음 들린 작은 달그랑 소리. 바닥을 보니 놀랍게도 은반지 하나가 반짝이고 있었다고 한다. 신기한 것은 그 위쪽 어디를 봐도 반지를 던질 만한 건물은 하나도 없었고 오로지 하늘만 있었다는 것. 마치 영화처럼 새가 물어다 떨어뜨린 것일까? 지금도 우리 집 서랍 속에서 빛나고 있는 그 반지만이 자신의 사연을 알고 있을 듯하다.

철교를 건너면 다시 바다와 마주하게 된다. 포르투는 작은 도시지만, 고지대로 이어진 구불구불한 길이 많아 걸어 다니는 게 쉽진 않다. 대신 어느 각도에서 바라봐도 푸른 바다를 볼 수 있는 구조로 되어 있어 마음이 탁 트인다.

바다 쪽에 서서 바다를 등지고 건물을 바라보면 포르투의 진짜 모습을 볼 수 있다. 집들은 한 폭의 그림처럼 모든 것이 유연하게 연결되어 있다. 집집마다 카펫이나 옷, 화분들을 베란다에 내걸어 놓은 데다 건물의 색도 제각각인데, 그것들이 다 묘하게 어울린다. 마치 하나하나의 점이 모여 전체 모습을 완성한 것 같은 풍경인데, 일부러 그렇게 만들었다고 해도 믿을 만큼 조화롭다. 이 모든 것이 자연과 유기적으로 연결되어 살아움직이는, 포르투는 그렇게 자유로운 냄새가 가득한 도시였다.

TAYLOR'S
OFFLEY

해리포터 마법학교의 망토 모델이 된 대학이 있는 중세도시

포르투갈, 코임브라

COIMBRA IN PORTUGAL

○

이름이 마치 중세 시대 도시 같은 코임브라는 우리에게 아주 생소한 느낌이었다. 포르투갈의 도시는 바다에 인접한 포르투나 수도인 리스본 정도만 알려져 있기 때문이다. 우리는 아무 정보 없이 코임브라 속으로 걸어 들어갔다. 코임브라는 포르투갈의 중앙, 리스본과 포르투 딱 중간에 있다.

코임브라에 도착한 후 가장 처음 느꼈던 것은 그저 강가를 끼고 있는 작고 아름다운, 오래된 도시라는 것이었다. 하지만 시간이 지나면서 도시의 진짜 매력이 눈에 들어오기 시작했다.

우리가 묵었던 숙소는 일반 아파트를 개조한 복층 구조의 작고 아름다운 아파트였는데, 그곳에서 나오면 바로 굽이굽이 골목에 작은 가게들이 줄지어 있었다. 아무리 둘러봐도 관광지라는 느낌은 별로 들지 않는, 그야말로 포르투갈 사람들의 진짜 일상을 볼 수 있는 곳이었다. 이런 매력에 푹 빠져 우린 숙소에 짐을 풀어놓기가 무섭게 골목 이곳저곳을 누비며 코임브라를 온몸으로 느꼈다.

작은 베이커리에서 그냥 무심코 산 빵과 에그타르트는 마치 코임브라에 사는 중년의 아주머니가 만들어준 홈메이드 빵 같았다. 허기져 들어간 허름한 식당에서 반신반의하며 시켜 먹었던 감자를 곁들인 정어리구이와 샐러드는 지금도 남편과 가끔 얘기할 정도로 손꼽히는 생선 요리였다. 평범한 그들의 일상에 내가 그대로 녹아 들어가 진짜 그들의 모습을 만날 수 있어서 더할 나위 없이 행복했던 도시.

다음 날, 코임브라 대학교에서 강의가 있던 남편을 따라 우리도 학교 구경을 가기로 했다. 일단 구글 지도를 켜고 학교에 올라갔다. '올라갔다'라는 표현을 쓸 수밖에 없는 이유는 학교가 그 도시의 중심이면서 가장 높은 꼭대기에 있기 때문이다. 이미 리스본에서 겪었듯이 구불구불한 골목을 돌고 돌아, 오른쪽 골목을 지나고 왼쪽 골목을 지나 직진하다가 다시 오른쪽으로 돌고…를 무한 반복하다 보면 드디어 그 모습이 드러난다.

도착하고 보니 이런 곳에 대학이 있다는 게 말이 되느냐, 성 아니냐고 반문할 정도로 그 모습은 하나의 요새에 가까웠다. 건물들은 대부분 1500년대에 지어진 석조 건물인데, 중간에 여러 번 고쳐 지금까지도 보존이 잘 되어 있었다. 그 시대부터 지금까지 지내온 대(大)학자들의 공간, 강의실들은 마치 깊은 산 속에 자리잡은 수도원을 보는 듯한 느낌이었다.

캠퍼스에 들어가기 전, 입구 옆쪽으로 서성거리면서 무언가를 기다리는 사람들이 있었다. 이 기다림은 다름 아닌, 학교 건물 투어를 위한 것이다. 학교가 문화재급이기 때문에 이렇게 투어를 통해서만 건물 안으로 입장할 수 있다. 학교 홈페이지를 통해서 미리 예약하고 시간별로 입장해서 티켓을 구입하면 투어에 참여할 수 있다.

건물 투어를 신청하면 건물 밖과 안의 모습을 공간 별로 찬찬히 볼 수 있다. 박물관을 구경하는 것과 같은 느낌이면서 중세의 실내장식을 보는 재미도 있어서 초등학생 아이도 재미나게 즐겼다.

투어의 마지막 코스는 중정에 있는, 12세기에 만들어진 타워를 감상하는 것이다. 마치 해리포터 속 친구들이 빗자루를 타고 하늘을 날며 타워를 돌면서 시합하던 장소와 흡사했다. 이 대학의 곳곳에서 영감을 받아 만든 작품들이 많다고 하는데, 해리포터도 그중 하나가 아닐까 하는 생각이 들었다.

중정에서 햇빛 바라기를 하고 있다가 강의를 마친 남편과 함께 시내 쪽으로 내려왔다. 내려오는 골목 사이사이에 있는 집과 작은 가게들을 구경하는 건 도시 여행의 특별한 재미다. 새로운 동네 탐방에 나선 꼬마들처럼 이리 기웃 저리 기웃하면서 구불구불한 길의 끝에 다다랐다. 내려오면서 마주치는 사람들의 표정에서 낯선 여행객에 대한 호기심 어린 시선 또는 관심 없는 일상의 시선이 느껴졌다. 포르투갈 사람들은 친절하기는 하지만, 스페인이나 이탈리아 사람들처럼 스스럼없이 다가오지는 않는다. 약간의 경계와 조금의 무심함이 섞여 있다고 해야 할까.

광장으로 내려오니 어디선가 음악 소리가 울려 퍼졌다. 광장 한가운데에 교복을 입은 소녀들이 기타, 북 등 각자의 악기를 들고 일렬로 서서 노래를 부르고 있었다. 신기한 마음에 우리도 사람들 사이에 자리를 잡고 섰다. 공연을 하는 이들은 코임브라 대학교의 학생들이었고, 이날 학교에 행사가 있어서 교복을 입고 연주를 하게 되었다고 한다.

교복 위에 걸친 망토를 휙 벗어 던지는 세리머니로 공연이 시작되었다. 파란 하늘과 따스한 햇볕을 가진, 아름다운 날씨에 어울리는 신나는 멜로디의 곡이었다. 공연이 펼쳐진 곳은 12세기에 지어진 도심의 한가운데 있는 오래된 성당 앞 광장이었다. 그 옆으로 있는 노천카페의 사람들도, 길을 걷던 사람들도 모두 이 공연을 즐기기 시작했다. 이런 길거리 공연만으로도 작은 시내는 흥겹게 달아올랐다.

망토 걸친 교복은 학생들이 매일 입고 등교하는 옷은 아니라고 한다. 행사가 있는 날 입는 특별한 옷이라고 했다. 우린 그 특별한 기회를 잡은 것에 대해 굉장히 흥분했다. 이제 우리가 해야 할 일은 그 기회를 만끽하며 신나게 분위기를 즐기는 것뿐.

FARMÁCIA
UNIVERSAL

PADARIA

백조와 함께 수영할 수 있는
천상의 아름다움을 간직한 곳

이탈리아, 가르다 호수
GARDA LAKE IN ITALY

○

이제껏 유럽 여행을 다니면서 어느 곳이 가장 좋았는지 혹은 어디를 가장 가고 싶은지 묻는다면(물론 고민은 좀 되겠지만), 그중 한 곳이 바로 이탈리아 가르다 호수다. 태생적으로 물과 별로 친하지도 않아 물가에 있는 휴양지라면 질색하던 나는 이곳을 다녀온 후 생각이 바뀌었다. 그저 물가의 휴양지에 대한 선입견이나 편견이 사라져서가 아니다. 이곳에서 누렸던 별것 아닌 작은 사치들, 내 눈으로 직접 본 잔잔한 아름다움들이 여전히 뇌리에서 떠나지 않기 때문이다.

가르다 호수는 이탈리아 베네치아와 밀라노 사이에 있는 규모가 제법 큰 호수다. 한국에 흔히 알려진 곳은 아니지만, 유럽인들에겐 깨끗하고 아름다운 호수로 정평이 나 있어서 유럽 각지에서 관광객들이 모여드는 유명한 휴양지 중 하나다. 7월 여름휴가 시즌이 시작되면 민박이나 호텔, 음식점 가격이 모두 올라 선뜻 가기에는 무척 부담스러운 관광지가 된다. 우린 성수기인 7월이 끝나고 8월의 끝자락에 이곳으로 떠났다. 남편이 수시로 인터넷을 들락거리며 봐두었던, 다른 곳보다 값이 상대적으로 저렴한 민박집을 예약했기 때문이다. 우린 뒤도 안 돌아보고 그곳으로 향했다.

예약해 둔 민박집은 절벽 아래쪽에 지어진 단독 주택 한쪽에 있는 별실 같은 공간이었다. 오래되고 한적한 동네의 분위기답게 민박집 역시 오랜 시간 바뀌지 않은 세월의 흔적들이 가득했다. 이탈리아는 한여름에는 엄청 뜨거워서 대부분 나무 창을 덧대 한낮의 뜨거운 빛을 가리거나, 아예 북향으로 지은 집들도 꽤 많다. 이 별실 역시 해를 피해서 지어진 북향이라 낮에도 해가 많이 들지 않았다. 집에 들어가니 바깥의 뜨거운 날씨와 다르게 시원함이 느껴진다. 주인집과 붙어 있는 구조지만 출입문이 아예 따로 있어서 신경 쓰지 않아도 되는 점이 마음에 들었고, 마당 한가운데에 수영장도 쓸 수 있었다. 이곳에서 가르다 호숫가의 센터까지 차로 10분 남짓한 거리여서 시내권에 있는 숙소보다 저렴한 것도 마음에 들었다.

우린 짐을 풀자마자 시내 쪽으로 차를 몰고 나갔다. 호수 중심 쪽으로 가려면 호수 주변으로 만들어진 좁고 굽은 길을 타고 가야 한다. 바다와는 또 다른 느낌의 호수 마을이라니, 가는 길 내내 설렘이 한가득이다. 가르다 호수

주변의 마을은 관광객을 위한 가게와 레스토랑이 즐비하여 호숫가 관광지다운 면모를 자랑한다. 다만 현란한 간판이나 촌스러운 문구가 즐비한 관광지가 아니다 보니 서정적이고 오래된 이탈리아 마을을 보는 것 같다.

나오기 전 숙소에서 종류별로 쌓아놓은 가르다 호수 안내서를 몇 가지 챙겨 와서 어떤 코스를 선택할지 고민했다. 호수 주변으로는 배를 타고 건너가 볼 수 있는 마을들이 꽤 많았다. 배 타는 걸 좋아하는 아이는 그저 흥분 상태. 물론 우리도 이런 동네는 처음이라 설레기는 마찬가지였다.

다음 날 아침 일찍 채비를 마쳤다. 혹시 모를 일을 대비해 겉옷 안에 수영복을 입고 갈아입을 옷과 수건도 챙겼다. 우린 차를 타고 가르다 호수를 한 바퀴 돌아볼 생각이었는데, 차를 타고 돌다가 즉흥적으로 차를 세웠다. 가끔 예상과 다를 때도 있지만 여행지에서는 실패란 말이 어울리지 않는 단어라는 걸 알기에, 무엇이든 즐거운 우리에게 '계획 없이, 무작정' 하는 것은 가장 잘 어울리는 여행 코스다.

차를 세우고 조금 걸으니 동네 주민이 모여 있는 강가가 보였다. 그들은 그곳에서 수영도 하고 일광욕을 하면서 아름다운 날씨를 즐기고 있었다. 이곳에서 계획에 없는 반나절을 보내게 되었다.

우린 일단 눈앞에 보이는 큰 피자집으로 들어갔다. 이탈리아에서는 사람들이 모여 있는 피자와 파스타 가게에 가면 절대 실패가 없다는 걸 경험으로 알고 있다. 어디서나 맛있는 파스타와 피자를 먹을 수 있다는 건 이탈리아 여행의 큰 즐거움 중 하나다. 화덕에 구운 피자에 해산물이 들어간 토마토 파스타는 역시 실패 없는 맛이다.

창가에 앉아 맛있는 음식을 먹으면서 눈으로는 바깥 풍경을 쫓는다. 아이는 이미 몸이 반 이상 그쪽으로 향해 있고 음식은 먹는 둥 마는 둥이다. 나가고 싶어서 엉덩이를 떼고 있는 아이에게 이제 놀러 가자고 하니, 말이 떨어지기게 무섭게 뛰쳐나갔다.

레스토랑 바로 앞 해변에는 많은 사람이 각자 자리를 차지하고 있었다. 우리가 그 대열에 합류하는 건 그리 어렵지 않았다. 겉옷과 신발을 벗어 잘

정돈해 두고 물속에 몸을 담갔다. 깊이가 얕고 물이 맑아서 바닥에 있는 돌들이 눈에 훤히 보일 정도다.

우린 조금 더 안으로 들어가 보기로 했다. 신나게 놀면서 분위기에 심취해 있는 사이, 사진을 찍던 남편이 뒤를 돌아보라고 한다. 왜, 하고 고개를 돌렸는데 어디선가 십여 마리의 백조 떼가 날아들었다. 백조들은 사람들은 아랑곳하지 않고 유유히 자신들이 할 일을 하고 있었다. 헤엄을 치거나 물고기를 잡거나 날아올랐다가 내려오기를 반복했다.

다른 이들에게는 아마 늘상 있는 일이었겠지만, 우리에게는 평생 한 번 볼까 말까 한 신기한 장면이라 눈을 떼지 않고 그 광경을 바라보았다. 사실 '백조와 함께 유유히 수영을 즐기다'라는 표현을 쓸 수 없는 건 백조들이 가까이 올까 봐 무서워서 더 다가가지 못했기 때문이다. 그저 바라볼 수 있는 거리에서 눈으로만 즐겼을 뿐. 아마 그들이 더 가까이 왔으면 놀라서 물 밖으로 도망치지 않았을까.

일생에서 한 번 일어날까 말까 했던 가르다 호수에서의 경험,
그 잔잔한 아름다움이 뇌리에서 떠나지 않는다.

레몬트리로 둘러싼
아름다운 리모네

이탈리아, 리모네 술 가르다
LIMONE SUL GARDA IN ITALY

○

리모네 술 가르다 마을을 가기 위해서는 선착장으로 가서 배를 타야 한다. 선착장은 가르다 호수 센터 옆에 자리 잡고 있었는데, 호수 주변으로는 산이 많아서 산과 호수가 적절히 어우러진 멋진 풍경을 가지고 있었다.

가장 인상적이었던 것은 관광객을 실어 나르는 배들과 선착장 그리고 뱃사공들의 모습이었다. 사실 이곳은 많은 사람이 북적이는 관광지라 우리는 싸구려 분위기가 물씬 나는 촌스러운 배와 오래 이 일을 해서 험한 말투와 외모를 가진 뱃사공 아저씨들을 상상했다.

배에 오르자마자 그런 이미지는 여지없이 깨졌다. 바깥 풍경을 볼 수 있도록 전면이 오픈된 배는 하얀색과 나무색으로 깔끔한 인상을 주었고 세련된 장식으로 예쁘게 단장한 모습이었다. 배 안쪽으로 구명튜브를 쌓아놓은 모습도 신뢰를 주기에 충분했다. 일하는 분들은 마도로스 이미지의 하얀 셔츠와 모자를 쓰고 아름다운 미소를 짓고 있었다. 유럽에 산 지 오래되었지만, 관광지에서 이런 깔끔함과 세련된 매너를 본 게 얼마만인지! 배를 타고 호수를 건너가면 바로 리모네이라 배를 타는 시간은 짧았지만, 우리는 기분 좋은 강바람에 모두 들떠 있었다.

리모네에 도착하자마자 사람들은 마치 배를 타고 먼 거리 여행을 온 것처럼 웅성거리며 뿔뿔이 흩어졌다. 마을은 뒷배경으로 깎아지른 절벽과 앞배경으로 너른 호수를 갖고 있다. 여러모로 보아 환상의 관광지라는 느낌을 지울 수 없는 곳이다. 이름이 '리모네'인 것도 이곳이 유명한 레몬 생산지이기 때문이다.

선착장에서 내려 걸어가는 길가에 레몬을 모티브로 한 가게가 손님을 맞고 있었다. 향긋한 레몬 향이 코끝을 찌른다. 이탈리아어로 'saponette al limone'라고 불리는 레몬 비누를 파는 곳이다. 노란색 레몬 모양이라 모르고 보면 일반 레몬인 줄 알고 먹을 수도 있겠다 싶을 만큼 예쁘다. 레몬이라는 이미지로 많은 상품을 만들어 파는 관광지인데도 눈살을 찌푸릴 만큼 호객

행위를 하는 사람도, 이런 걸 파는 다른 가게도 특별히 많지 않다. 아름다운 자연환경에 해가 될 만한 것들은 하지 않으려는 이곳 사람들의 불문율 같은 것일지도 모르겠다는 생각이 들었다.

마을 구경은 오래 걸리지 않았다. 크지 않은 곳이라 골목골목 구경하면서 사진을 찍으면서 다녀도 반나절 정도면 충분히 볼 수 있다. 그런데 머무는 곳마다 생각 이상으로 예뻐서 눈을 뗄 수가 없다. 너른 가르다 호수에 반사되는 햇빛이 얼마나 아름다운지, 그 햇살에 부딪혀 반짝이는 레몬 나뭇잎들은 또 얼마나 예쁜지, 말로 표현이 되지 않을 정도로 아름다워서 감탄사가 절로 나온다. 호숫가의 바람에 닳아서 얼룩이 생긴 벽면은 보랏빛 꽃이 덮고 있고, 뜨거운 햇빛을 가리기 위해 덧댄 이중 나무창은 호수를 닮은 푸른색으로 덧칠했다. 햇볕에 그을린 오랜 세월의 흔적마저도 시처럼 아름다웠던 건 그날

의 분위기 때문이었을까. 그 흔한 성 투어나 전망대 같은 곳 없이 오로지 동네 구경으로만 이렇게 즐거울 수 있다니, 여행의 기쁨이 느껴지는 순간이다.

점심을 먹으러 간 곳은 작은 프라이빗 호텔 안에 있는 레스토랑이었다. 길가에 있는 작은 호텔이었는데, 반대편으로 돌아 들어가니 절벽 위쪽에 자리 잡은 레스토랑이 보였다. 그 아래로는 푸른빛의 호수와 해변이 보였다.

우린 레스토랑으로 들어가 창가에 자리를 잡았다. 창 밖 풍경이 너무 아름다워 사진 찍는 것도 잊고 그저 한없이 호수를 바라다보았다. 음식은 호텔답게 정갈했고 아주 맛있었다. 레스토랑을 나서면서 호숫가로 내려가도 되냐고 물으니 괜찮다고 했다.

호숫가로 내려가는 길은 호텔에 속한 정원이었다. 호텔 투숙객으로 보이는 사람들이 정원 잔디밭에 앉아 다양한 자세로 햇빛을 즐기고 있었다. 우린 그 사이를 지나 호숫가까지 내려갔다.

호수가 워낙 크다 보니 파도가 치는 바다같이 느껴진다. 색이 맑고 예쁜 에메랄드빛이라 손이든 발이든 담그지 않을 수 없었다. 수영복을 입고 온 아이는 겉옷을 벗고 물속으로 뛰어들었다. 햇빛은 쨍하게 내리쬐고 있지만 뜨겁지 않았고, 하늘은 맑고, 물은 수영하기 딱 적당한 온도였다. 그렇게 아름다운 프라이빗 비치의 수영을 마치고 떠나기 싫은 몸을 일으켜 나왔다.

이곳을 나서는 순간 이 모든 시간이 꿈처럼 느껴질 것을 우리는 이미 알고 있었다. 그날의 아름다운 풍경은 가끔 힘들고 지칠 때 나에게 위로가 되어 준다. 눈을 감고 그곳의 하늘과 호수를 마음속에 천천히 그려본다. 다시 못 갈 것만 같은 천국 같은 시간이 조금씩 흘러간다.

타트라스산에서 우연히 만난 치즈 할아버지

폴란드, 자코파네
ZAKOPANE IN POLAND

폴란드 크라쿠프(Krakow)에서 120km 떨어진 곳에는 타트라스(Tatras)산으로 둘러싸인 자코파네라는 도시가 있다. 자코파네는 '폴란드의 겨울 수도'라는 별칭으로 불릴 만큼 겨울 스포츠를 즐기는 사람들로 늘 붐비는 곳이다. 우리가 여행지를 고를 때 고려하는 것 중 하나가 사람들이 별로 없는 비수기를 이용하는 것이다. 겨울에 유명한 곳이라면 물론 겨울에 가봐야 진가를 알 수 있겠지만, 겨울 스포츠를 좋아하지 않는 우리에게 여름에 가는 겨울 관광지 여행은 꽤 매력적인 코스다. 그런 곳들은 여름에 가도 시원해서 피서지로도 제격일 뿐 아니라 성수기의 바가지요금과 붐비는 사람들을 피해 조용하고 저렴하게 머물 수 있는 장점이 있기 때문이다.

여름 휴가 때 폴란드 크라쿠프에 갔다가 자코파네를 목적지로 정한 것도 이런 이유 때문이다. 크라쿠프에서 2박을 하고 자코파네를 들렀다가 체코로 돌아오는 코스였는데, 우리가 간과한 건 여름에도 자코파네는 인기 있는 여행지라는 것이었다. 폴란드인들은 물론 인근 유럽인들은 여름이면 산에서 하이킹을 즐기기 때문에 타트라스산은 늘 여행객들로 붐빈다는 것.

크라쿠프에서 오전 일찍 출발해서 가는 길은 그야말로 '날씨도 좋고 기분도 좋고' 모든 것이 좋았다. 해는 쨍쨍 내리쬐었고 하늘은 너무나 맑았다.

고속도로를 지나 타트라스산으로 올라가는 외길 쪽으로 들어서는데, 사방에서 모여든 차들로 병목현상이 일어나 차가 꿈쩍하지 않았다. 타트라스산의 주차장까지 무려 2시간여의 사투 끝에 닿을 수 있었다. 그제야 차 안에서 해방된 우리는 맑고 아름다운 산 공기와 풍경에 매료되어 언제 그랬냐는 듯 그 분위기를 즐기면서 천천히 걸어서 산으로 올라갔다.

우리의 목적지는 타트라스산의 케이블카. 겨울 스포츠로 유명한 산이라 전망대를 겸한 케이블카가 있는데, 여름에도 산의 경치를 볼 수 있어서 인기가 많았다. 우리가 아침부터 서둘러 온 이유도 이 케이블카를 타기 위해서였는데, 이미 케이블카를 타려고 기다리는 사람들의 줄이 1km는 되어 보였다.

케이블카 대기줄은 어차피 빨리 짧아질거라는 생각에 우리도 대열에 합류했다. 햇볕이 뜨거운 날이어서 번갈아 가며 아이를 줄 밖으로 데리고 나가 그늘에서 더위를 식혔다가 다시 돌아오기를 반복했다.

그런데 이상하게 거의 1시간이 지나도록 줄이 줄어들지 않았다. 다른 사람들도 고개를 갸웃거리며 앞쪽 상황을 살피기 시작했다. 남편이 상황을 보겠다며 앞으로 나갔다 왔는데, 케이블카를 운행하는 안내 센터의 문이 아직 닫혀 있다는 것이다. 안내문에는 분명 오늘 이 시간에 운행한다고 적혀 있는데, 직원들이 출근하지 않은 것인지 혹은 무슨 문제가 생긴 것인지 알 수가 없었다. 사람들은 줄을 선 채 문이 열리기만을 기다렸지만, 끝까지 안내하는 사람은 나타나지 않았고 문은 열리지 않았다.

우린 1시간의 기다림을 과감히 포기하고 그냥 돌아가기로 했다. 어이없게 뒤돌아서는 마음이 좋진 않았지만, 다른 선택지가 없었다. 사실 유럽에서 이런 일을 몇 번 겪었기에 열은 올랐지만 매우 놀랄 일도 아니었다.

케이블카를 타는 곳에서 힘이 빠져 터덜터덜 걸어 내려오는데, 저쪽 평원에 작은 오두막이 있었고 그곳에서 연기가 피어나고 있었다. 신기하기도 하고 재미있을 것 같아 그곳으로 가보니, 앞쪽에 푯말이 붙어 있었다. '자코파네 치즈'라고 적힌 간판이었다.

아, 이런 건 지나칠 수 없지! 우린 또 호기심이 발동해서 연기 나는 오두막으로 향했다. 오두막 앞에서 서성이는데 그 앞쪽에서 서너 명의 사람들이 모여서 치즈를 나눠 먹고 있었다. 그걸 나눠주는 사람은 이곳의 주인인 듯 보이는 귀여운 복장을 한 할아버지였다. 마치 알프스 언덕의 어딘가에 있을 법한 작은 오두막에 혼자 사는 목동 할아버지의 폴란드 버전이라고나 할까. 소년일 때부터 염소젖을 만들던 그는 이제 나이가 들어 할아버지가 되었지만, 여전히 염소를 키우고 그 염소의 젖으로 만든 치즈를 만들어 파는 거야, 이런 시나리오가 문득 머릿속을 스쳐 지나갔다.

다른 손님들이 가고 우리만 남았을 때 할아버지는 자기 삶의 터전인 듯 보이는 오두막 문을 흔쾌히 열어주었다. 말은 통하지 않았지만 와서 구경하라는 뜻. 우린 이런 행운이 어디 있느냐 싶어 얼른 안으로 들어가 보았다. 오두막은 사람이 사는 집이 아니라 치즈를 만드는 곳이었다. 그 안은 나무를 태우는 연기 냄새로 가득 차 있었는데, 염소젖을 끓여서 부어 놓은 나무통이 여러 개 있었고, 그걸 젓는 도구들도 있었다. 그렇게 고체화된 염소젖을 뒤쪽에 주욱 올려두고 밖에서 연기를 피워 이 안에서 스모크드 치즈를 완성하는 것이다.

처음 보는 이 신기한 광경에 우린 할 말을 잃었다. 와, 계속 감탄사를 연발하는 우릴 보더니 할아버지는 자신이 만든 치즈를 먹으라며 내밀었다. 일종의 시식 같은 것. 밖에 나와서 오두막집의 툇마루에 걸터앉아 잘라놓은 치즈를 나눠 먹었다. 할아버지가 만든 치즈는 우유 맛이 나는데 쫄깃하고 짭짤했다. 스모크 향이 은은하게 나는, 처음 먹어보는 신기한 맛이었다. 그런데 거부감 없이 너무나 신선해서 자꾸 당기는 그런 맛.

직접 틀에 넣어 하나씩 만들어 낸 소중한 수제 치즈였기에, 우린 주저하지 않고 그 자리에서 치즈 몇 개를 샀다. 자신이 만든 치즈를 좋아하는 동양인 가족을 바라보며 할아버지는 흐뭇한 함박웃음을 지어보였다.

우린 치즈를 사고 나서도 할아버지의 정원을 둘러보며 마음껏 휴식을 즐겼다. 치즈를 만드는 오두막 옆에는 할아버지의 작은 살림집도 있었다. 풀을 뜯는 염소들도 자연스럽게 지나다녔다. 케이블카 앞에서 속절없이 기다렸던 그 긴 시간이 바로 이 순간을 위해 있었던 것처럼, 우린 이 시간을 선물처럼 즐겼다.

집에 와서 냉동실에 치즈를 보관해 두고 야금야금 꺼내먹으면서 그날의 추억을 이야기했다. 그 이후로 비슷한 모양의 스모크치즈를 많이 사봤는데 역시나 그 할아버지 치즈만큼 맛있는 치즈는 구하지 못했다. 시간과 정성이 만들어 낸 건 그 무엇도 따라잡을 수 없다.

6년 전 시작된 브라이턴 앓이,
나의 두 번째 브라이턴

영국, 브라이턴
BRIGHTON IN ENGLAND

잉글랜드의 남쪽, 바다와 맞닿는 곳에 위치한 도시 브라이턴은 우리에게 늘 그리움 같은 도시다. 처음 브라이턴에 갔을 때는 어떤 도시인지, 어디에 있는지조차 관심이 없었다. 다만 남편의 강의가 있었고, 그곳이 영국이었고, 영국에 간다는 설렘만 있었을 뿐이다.

런던에서 기차를 타고 밤에 도착한 브라이턴은 젊은이들의 공기로 꽉 들어차 있었다. 기차역에서 가방을 끌고 중간에 펍에 들러 피쉬앤칩스를 사서 호텔로 향했다. 다음 날 아침, 일찍 호텔에서 나와 아름다운 파스텔톤의 집들을 지나며 쭉 걷기 시작했다. 불과 10분 만에 걸어서 도착한 바닷가는 환상 그 자체였다.

우린 브라이턴이 아름다움으로 가득 찬 바닷가 도시라는 걸 곧바로 알아차렸다. 그곳에서 먹던 알싸한 영국식 흑맥주에 갓 튀겨내 고소함이 가득한 피쉬앤칩스, 파스텔톤의 동화 같은 집들, 젊은 피가 끓어오르는 동네의 힙한 가게들이 모여 있는 시내… 이곳은 체코에서 조용하게만 지내던 우리의 피를 다시 흐르게 하기에 충분했다.

food for friends
established 1981
www.foodforfriends.com
tel:01273 202310
CAFFÈ NERO
TO LET
PRIDDLE
20 80 10

꿈같이 흐르던 4일을 뒤로 하고 다시 체코로 돌아왔을 때, 그때부터 나의 '브라이턴 앓이'가 시작되었다. 꼭 다시 가보리라.

그렇게 6년이 흘러 아이는 네 살에서 열 살이 되었고, 우린 다시 꿈에 그리던 그곳, 브라이턴에 가게 되었다. 그때의 기억은 그대로일까. 그곳은 온전히 남아 있을까. 원래 기대가 크면 실망도 큰 법이라 잔뜩 긴장하고 브라이턴으로 향했다. 예전과 마찬가지로 런던을 거쳐 브라이턴에 도착했다. 묵직하고 짜임새 있는 멋진 도시 런던을 며칠간 구석구석 여행한 뒤라 약간의 설렘과 함께 걱정을 안고 있는 상태였다. 우리가 구한 집은 바닷가 바로 앞쪽에 있는 작은 주택이었다.

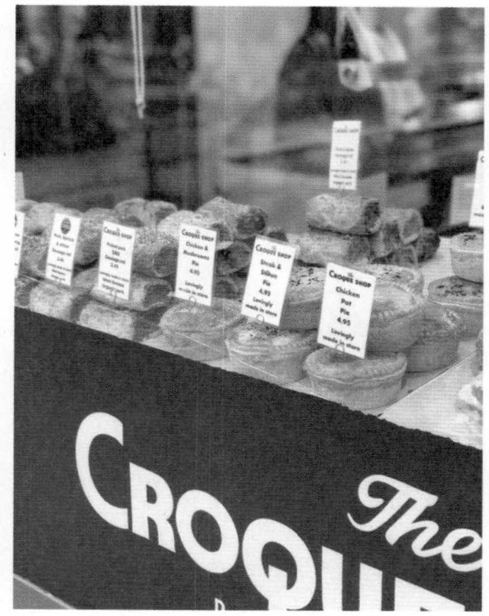

주택의 문을 열었을 때, 작은 흥분이 일었다. 다시 찾은 이 도시에서 기대하던 낭만이 그곳에 있었다. 우리가 묵을 곳은 3층 주택의 1층이었다. 문을 열고 들어가면 긴 복도가 있고, 왼쪽에 이층 침대가 있는 침실이 있고, 오른쪽에 욕실 그리고 그 안쪽으로 거실 겸 주방이 있었다. 집은 작지만 갖출 건 다 갖춰진 집이었다. 다만 실내가 꽤 썰렁했다. 추위는 예상했던 터라 라디에이터를 최대한 열어 두었다. 우린 가볍게 저녁을 해 먹고 다음 날을 위해 침대에 누워 노곤한 몸을 쉬었다.

다음 날, 아이와 함께 천천히 동네를 돌아보기로 했다. 너무 이른 아침에 나서서인지 가게 문은 대부분 닫혀 있었지만, 낯선 동네를 구경하는 재미는 열 살 된 아이도 이미 경험으로 알고 있다. 우린 하나도 놓치지 않겠다는 마음으로 골목 구석구석을 다녔다.

브라이턴에서 인상적이었던 것 중 하나는 도시의 컬러다. 유난히 파스텔 톤으로 칠해진 건물이 많았는데, 시그니처 컬러가 파스텔 민트색 정도 되는 것 같았다. 이 도시는 다양한 컬러로 이루어져 있는데도 신기하게 도시 전체가 하나의 톤으로 느껴진다.

특별히 알려진 맛집 등을 찾아가지 않고 그냥 도시 구경만으로도 몇 시간이 훌쩍 흐른다. 눈은 가게와 사람들을 쫓고, 손은 사진을 찍어대느라, 입으로는 감탄사를 연발하느라 바쁘다. 브라이턴은 그런 도시다. 색감이 다양하고 시선이 머무는 곳이 많아서 할 이야기도 많은 곳. 여기서 한 컷, 저기서 한 컷, 인상적인 곳마다 사진을 찍다 보니 사진만 몇백 장이다.

가게들이 모여 있는 곳(Duke's Lane)에 가면 벽화들을 구경하는 재미도 쏠쏠하다. 건물에 서커스 천막이 그려진 완벽한 그림과 거대한 앨리스 그림도 볼 수 있다. 5층 정도 되는 건물 벽면 전체가 보라색으로 칠해져 있고 거기에 이상한 나라의 앨리스가 그려져 있다. 아름다운 앨리스라기보다는 포스트

모더니즘적인 분위기의 앨리스다. 버섯을 먹고 몸집이 커진 앨리스를 실제로 만난 그런 모습. 그 앨리스 옆에 있다가 상대적으로 한없이 작아진 하얀 토끼 옆에서 아이의 사진도 남겼다.

골목의 간판들도 저마다 사연이 있는 듯 자신들만의 개성을 뽐내며 세워져 있다. 거리 전체가 생동감이 넘치는 모습. 낮이나 밤이나 그렇다. 이런 매력이 우리를 이곳으로 이끌었는지도 모르겠다.

아이가 네 살 때 이곳에 와서 바닷가 조약돌을 주웠던 기억을 해냈다. 그러고는 그걸 다시 해보고 싶다고 한다. 우린 주저할 것 없이 바닷가로 향했다. 언제든 바다를 보러 갈 수 있는 곳에 산다는 건 이런 것이구나 하는 생각이 들었다.

흐리고 바람이 많이 불어서 파도도 세다. 바람이 세차지만 그렇다고 물러설 우리가 아니다. 이런 바다도 좋고 저런 바다도 좋다. 오랜만에 바다 구경을 하니 그저 신이 난다. 아이는 열심히 마음에 드는 조개와 돌을 줍고, 우린 사진을 찍고 파도치는 바다를 구경한다. 이 날씨에도 수영하러 들어가는 사람이 있다니, 놀라움과 경이로움으로 그들을 바라본다. 물에서 나오는 사람

들을 보니 젊은 사람들이 아니었다. 적어도 50대 후반에서 60대로 보이는 커플이다. 저들은 젊었을 때부터 저랬을 거야, 라는 위로 아닌 위로로 속마음을 숨겨본다.

바닷가 옆에는 아쿠아리움이 있었다. 브라이턴의 대관람차와 아쿠아리움은 작고 오래됐지만, 이곳만의 아기자기한 감성이 있다. 아쿠아리움은 문을 닫아서 아쉬운 마음에 그 앞에서 서성이고 있는 아이의 사진을 찍었다. 얼굴이 뚫려있는 상어와 거북이 그림이 그려진 간판 앞이었는데, 우리 모습을 지나가던 사람이 보더니 가족 사진 찍어주겠다고 제안한다. 가족 사진을 찍을 생각은 별로 없었는데 거절하기에도 애매한 상황이어서 그래 달라고 했다. 우리의 원래 콘셉트와는 굉장히 맞지 않는 해마에 복어, 문어 가족이라니, 너무 웃긴데 그게 또 재미있다. 찍어준 사진을 꺼내 보고는 같이 깔깔깔 웃어댔다. 이게 바로 추억이구나 싶다. 우리끼리 있었으면 절대 하지 않았을 여행지에서의 추억 말이다.

벨기에의 진짜 와플을 만나기 위해 6년을 기다린 사연

벨기에, 브뤼셀 & 리에주

BRUSSELS & LIEGE IN BELGIUM

○

벨기에 와플 이야기를 쓰려면, 일단 눈물부터 닦아야겠다. 나에겐 서러운(?) 이야기가 될 것 같다. 벨기에에 처음 간 건 체코에 온 지 약 1년 정도 지났을 때였다. 그때는 마치 유럽 구석구석을 모두 둘러보기로 결심한 사람들처럼, 기회만 있으면 짐을 꾸려 무조건 떠나고 볼 때였다. 벨기에 리에주에 남편의 친구가 살고 있어서 그곳을 기점으로 잡고 벨기에 곳곳을 다녀보기로 마음을 먹었다. 체코 브르노에서 비행기를 타고 네덜란드 마스트리흐트로 가면 저가 항공으로 다녀올 수 있는 절호의 기회가 있어 그걸 놓치지 않았다.

일주일 동안 벨기에를 샅샅이 볼 요량으로 네덜란드를 거쳐 리에주로 향했다. 남편 친구의 집에 짐을 풀고 하루 정도 휴식을 취한 뒤 벨기에의 심장인 브뤼셀로 향했다. 브뤼셀에 가기 전 유명한 도시 겐트(Ghent)도 놓칠 수 없어 우선 그곳에서 1박을 하기로 했다.

겐트 시내 구경을 무사히 마치고 숙소를 찾아서 들어간 시각이 밤 9시경. 숙소를 찾는 데 시간을 허비하기도 했지만, 이날이 이스터(부활절) 휴일의 시작이라는 것을 우리는 꿈에도 생각하지 못했다. 이스터 휴일에는 모든 가게, 심지어 마트까지 모두 문을 닫아버린다. 매정한 도시. 8시 이후에 문을 연 가

게는 단 하나도 없었고, 숙소 근처에는 레스토랑조차 눈에 띄지 않았다. 일단 숙소에 짐을 풀고 그야말로 '먹을 것을 구하러' 나갔다.

어디에도 먹을 데가 없어 곤란해하던 중 마침 호텔 앞에서 피자 배달 오토바이를 발견했다. 우리는 평소에 잘 먹지 않던 피자와 프렌치프라이를 배달시켰다. 음식이 도착한 시각은 밤 10시. 그제야 주린 배를 채우느라 정신없이 음식을 입에 넣었는데, 그때 막 네 살 된 아이는 태어나 처음으로 프렌치프라이를 먹게 되었다. 그런데 온종일 찬바람에 컨디션이 좋지 않았던 아이는 프렌치프라이를 먹고 장염에 걸려 밤새 토하고, 우리 셋은 꼬박 밤을 지새웠다. 갑자기 병원에도 갈 수 없어 아픈 아이를 데리고 브뤼셀로 향했다.

아이가 종일 유모차에 누워서 먹은 것이라고는 애플주스 한 병이 전부. 아이는 내내 누워 잠만 잤다. 우리는 브뤼셀을 보는 둥 마는 둥 대충 훑어보고 여행을 끝냈다. 실제로 본 오줌싸개 동상은 너무나 작았고, 브뤼셀의 그림 같은 풍경들도 아픈 아이를 데리고 다니는 부모 눈에 들어올 리 만무했다.

그렇게 하루를 보내고 다음 날 원기를 회복한 아이는 브뤼셀의 와플을 먹어보고 싶다고 했다. 아이 상태가 썩 좋지 않아 딱 한 개만 사서 아이에게 주었는데, 웬걸, 정신없이 뚝딱 해치우는 것이 아닌가. 그나마 다행이라 생각하며, 그렇게 브뤼셀에 안녕을 고하고 리에주로 돌아왔다.

친구 집에 도착하여 가족들과 음식을 해 먹고는 그대로 다시 체코로 돌아갔다. 정말 와플 한입 먹지 못하고 벨기에 여행을 마치고 말았다는, 슬픈 이야기다.

그 이후로 벨기에 여행 이야기를 할 때마다 양념처럼 꺼내놓은 와플에 대한 한을 풀게 된 건 6년이 지난 후였다. 우린 다시 벨기에 리에주를 찾았고, 리에주에만 머물렀다. 리에주의 벼룩시장과 와플 가게, 아기자기한 골목길들. 보면 볼수록 예쁜 리에주의 아기자기함에 반해 딱히 다른 도시를 여행하고 싶다는 생각이 들지도 않았다. 오래 볼수록 예쁘다는 말, 바로 리에주를 두고 한 말이 아닐까 싶었다.

와플 가게 찾는 것을 핑계 삼아 우린 리에주 시내를 샅샅이 돌아다녔다. 일단 도시가 크지 않은 데다가 네덜란드와 프랑스 사이에 있다 보니, 두 나라의 영향을 모두 받아 실용적이면서 오래된 유럽의 멋이 살아 있었다. 오래된 건물이나 집은 프랑스를 닮았으면서도 그 내부에서 느껴지는 세련된 분위기는 네덜란드의 도시와 같았다. 두 나라 모두 예쁜 것으로는 다섯 손가락 안에 드는 곳이니 말해 무엇하겠는가.

지금도 리에주 하면 떠오르는 건 쫄깃한 와플의 식감과 코끝을 자극하는 와플 굽는 냄새다. 리에주 와플은 찐득하게 발효된 빵 반죽을 틀에 펼쳐 넣고 구워 쫄깃하고 탄탄한 식감이 느껴진다. 반면 브뤼셀 와플은 죽죽 떨어지는 묽은 반죽을 부드럽게 구워 여러 가지 과일과 생크림, 초콜릿 등의 토핑을 얹어 먹는 디저트에 가까운 와플이다. 역시 난 쫄깃하고 심플한 리에주 스타일을 사랑한다.

우린 구글에서 가장 평점 높은 와플 가게를 찾아 시내를 돌아다녔다. 그런데 아무리 주변을 돌아도 와플 가게가 없는 것이다. 주소를 찍어서 찾아갔더니 아쉽게도 가게가 문을 닫았다. 그다음으로 찾아낸 평점 높은 와플 가

게는 와플 전문점이 아니라 브런치 카페에서 와플을 파는 곳이었다. 우리가 생각했던 와플 전문점이 아니라 다시 돌아 나왔다. 생각보다 힘겨운 리에주 와플 먹기는 조금 긴 산책으로 이어졌다.

그렇게 시내를 이리저리 돌다가 힘들어서 짜증이 슬며시 올라오기 시작할 때쯤, 마음에 쏙 드는 와플 가게를 찾았다. 동그랗게 둥글린 엄청난 양의 와플 반죽을 손으로 떼어 와플 팬 위에 올려서 직접 굽는 곳이라 가게 안은 고소한 와플 향으로 가득했다. 우박설탕(펄슈가)을 반죽에 넣고 구워서 윤기 나게 쫀득해지는 설탕 와플이 메인인데, 바닐라 향과 시나몬 향 두 가지 중 선택할 수 있다. 그리고 반죽 안에 길쭉한 초콜릿 막대를 두 개 넣어 구운 초콜릿 와플이 있다. 가게 안에는 간이 테이블이 여러 개 놓여 있었다. 우리는 진한 커피와 세 가지 와플을 각각 한 개씩 주문했다. 기다리는 동안 진동하는 와플 냄새에 이미 입안 가득 침이 고였다. 6년을 기다린 와플을 드디어 맛볼 시간.

와플은 내가 예상했던, 바로 그 맛이었다. 바로 구워 나오는 것이 어찌 맛이 없을 수가 있겠는가? 쫀득한 반죽에 은은한 시나몬 향이 그윽하게 나서

입에 넣는 순간 나도 모르게 조용히 탄성을 질렀다. 초콜릿 막대는 와플이 팬에서 구워지면서 살짝 녹아 보들보들해져 추운 날씨에 먹기 딱 좋은 맛이었고, 바닐라 향 와플 역시 은은한 바닐라 향이 맴돌아 무척 맛있었다. 세 가지 맛의 와플은 순식간에 사라졌고 어떤 게 더 맛있는지 우열을 가리기는 힘들었다.

이날 먹은 뜨끈한 리에주 와플은 한국의 갓 구운 붕어빵이나 호떡의 맛과 비견되지 않을까 싶다. 누구에겐 소울푸드가 될 수 있는 이런 간식거리가 벨기에에선 바로 와플일 것이다.

물론 리에주가 와플만 유명한 것은 아니다. 와플만 찾다가 집에 온다면 너무나 허무한 여행이 될 것임이 분명하다. 우리가 좋아하는 골목길 탐험은 리에주에서도 멈추지 않았다. 리에주는 오래된 도시인 데다가 그 도시만의 매력이 넘쳐서 골목길 탐험은 꽤 재미난 시간이었다. 리에주 시내에서 시작해서 계단 전망대까지 가는 길을 탐험하듯 가는 것이 우리가 나름대로 정한 코스였는데, 계단 전망대가 이 코스의 하이라이트였다.

리에주를 제대로 보려면 발품을 팔아 계단 아래부터 올라가야 그 진가를 느낄 수 있다. 말하자면 남산의 계단 전망대의 '스몰 버전' 정도라고 해야 할까. 위로 쭉 뻗은 계단을 오르다 보면 어느 순간 펼쳐지는 시내의 경관이 기분을 상쾌하게 해준다. 가파른 계단을 수도 없이 오르느라 호흡이 가빠지고, 등줄기에는 송골송골 땀이 흐르고, 다리가 끊어질 듯 아픈 순간의 고통도 한순간 잊게 해주는 아름다운 풍광이 그곳에 기다리고 있다. 그래서 사람들은 쉬지 않고 이 계단을 오르고 또 오르나 보다. 계단은 아주 오랫동안 사람들의 발길이 닿아서 닳고 닳았지만, 굳건한 모습으로 남아 있다.

특이한 것은 양옆으로 일반 가정집이 있어서 그 집 앞을 어쩔 수 없이 지나야만 한다는 사실이다. 그래서 모든 대문이나 창문에는 제발 조용히 해달라는 쪽지가 붙어 있다. 관광객들이 한 번씩 와서 신나서 내뱉는 말들(심지어 노래를 부르는 사람도 있다)이 모이면 얼마나 시끄러울지, 소음에 예민한 편인 나는 생각만 해도 그 고통을 알 것 같았다. 우리는 계단 등산 후의 기분 좋은 상쾌함을 느끼면서 사진을 찍었다. 최대한 조용히.

다시 아래로 내려오는데 계단 마지막에서 어떤 가족이 사진을 찍어달라고 부탁했다. 사진을 찍고 나니 우리 사진을 찍어주겠다고 해서 얼떨결에 우리도 가족사진을 남기게 되었다. 약간 상기된 표정으로 찍은 가족사진은 이날 우리의 기분이 어떠했는지를 말해주는 표식 같다.

사진을 찍고 반대편으로 내려오는 코스를 택했다. 이 길 역시 일반 가정집들이 모여 있는 골목으로 내려오는 길이다. 차는 다닐 수 없는 작은 골목길인데, 이 길이 또 그렇게나 아름답다. 리에주는 잔뜩 흐려 있거나 비가 오는 날이 많아서 아름다운 하늘을 보는 게 드문 도시인데, 묘하게도 이 도시는 흐린 날씨와 참 잘 어울린다는 생각이 들었다.

처음 경험해 보는
'시에스타'의 충격

스페인, 바야돌리드
VALLADOLID IN SPAIN

바야돌리드는 스페인에서도 꽤 규모가 큰 도시에 속한다. 중세도시의 중심지로 알려졌지만, 세고비아, 살라망카, 아빌라 등 같은 주의 다른 도시들에 비해 중세도시의 느낌이 많이 나지 않는다. 그래서 스페인 안에서 바야돌리드를 역사적인 무게감이나 멋이 없는 도시라고 폄훼하는 사람들도 많다고 한다. 우린 바야돌리드에 대한 사전 정보나 이미지가 없는 백지상태였기 때문에 오히려 받아들이기가 편했다.

이 도시에 대한 첫인상은 '참 깔끔하고 단정하다'는 것. 스페인의 수도인 마드리드는 아름답지만 번잡한 느낌이 가득한 반면, 바야돌리드는 조용하고 평화로웠다. 거리 청소도 잘 되어 있고, 건물마다 페인트칠도 잘 되어 있어서 미관에 많이 신경 쓰는 도시라는 사실도 알게 되었다.

중심가를 돌아다니면서 마드리드에서 느끼지 못한 아기자기한 소품 가게들을 들여다보는 재미도 컸다. 디자이너가 디자인한 옷을 직접 파는 가게나 스페인 스타일의 화려하고 과감한 액세서리가 즐비한 가게, 스페인 식료품을 한데 모아놓은 가게, 올리브오일 전문점, 하몽과 치즈를 파는 가게 등등. 그러다 진열장을 들여다보던 아이가 손짓해서 다 같이 가게로 들어가 구

TALLER
DE
CERAMICA
KIOSCO el Carmen
18 TALLER DE CERAMICA M.J.
CERRADO

경하게 되었다. 그곳은 세상에 하나밖에 없는 특별한 신발을 판매하는 곳이라고 했다. 벨벳 천으로 감싸진 편안한 신발의 디자인과 컬러, 사이즈를 고르면 신발의 발등 위에 그곳에서 제시하는 디자인 중의 하나를 골라 그려주는 곳이었다.

우린 고민 끝에 앞코가 동그랗고 여미는 끈이 있는 남색 메리제인 슈즈를 골랐다. 거기에 자주색으로 꽃 그림을 그려 넣었다. 오래 기다리지 않아 세상에 하나뿐인 구두가 완성되었다. 그걸 받아 들고 어찌나 맘에 들어 하던지. 그 이후로 엄청 열심히 신었는데 아쉽게도 한해 반 정도 신고는 작아져 버렸다. 그 역시도 추억으로 간직하고 말아야 할 텐데, 지금까지 못 버리고 있다. 나중에 아이가 보면 그때를 기억할까. 스페인의 자유로운 냄새를.

바야돌리드에서 가장 대단했던 경험은, 문화 충격에 가까웠던 시에스타(이른 오후에 자는 낮잠 또는 낮잠 자는 시간) 문화다. 마드리드는 수도인 데다 여러 이민자가 섞여 사는 대도시라 그런지 시에스타 문화는 경험하지 못했다. 바야돌리드는 그야말로 시에스타의 도시. 그런데 이게 알고 있는 것과 경험하는 것과는 정말 크게 달랐다.

처음 바야돌리드 호텔에 갔을 때, 가자마자 첫날부터 서머타임이 끝나는

날이어서 시간이 한 시간 늦어졌다. 즉 저녁 7시가 되었지만, 우리의 배꼽시계는 이미 8시였던 것이다. 우린 호텔에서 저녁 7시에 석식을 주문했다. 그런데 밤 9시부터 주문이 가능하다는 것이다. 그 시간이면 우리의 배꼽시계는 이미 10시이고 아이는 잠자리에 들 시간인데 말이다. 우린 첫날 밤 9시에 주문한 음식을 먹게 되었고, 아이는 졸면서 먹고 바로 잠이 들었다. 다행히 다음 날 호텔 측에 미리 이야기해서 한 시간 일찍 방에서 편히 밥을 먹을 수 있었다.

아침에 호텔을 나와 시내를 걷다 보면 아침 식사를 파는 가게들이 문을 연다. 에스프레소와 간단한 빵을 판매하는 카페인데, 혼자 아침을 먹는 사람들이 많았다. 보통 이런 카페들은 오전 7~8시에 문을 열고, 일반 상점들은 오전 9~10시 사이에 문을 연다. 그런데 12시가 되면 갑자기 거의 모든 가게가 셔터를 내리느라 바쁘다. 점심을 먹고 시에스타에 들어가는 것. 다시 가게 문을 여는 시간은 빠르면 오후 4시, 늦으면 오후 5시. 그래서 오후 7~8시쯤

LIBRE BUS
TRANSPORTE GRAT

TANDEM
TANDEM
BIE
NVE
NID
OS

되어야 시에스타를 끝내고 일도 마친 사람들이 거리로 쏟아져 나온다. 그렇게 나온 사람들은 보통 밤 9시에서 10시 사이에 저녁 식사를 시작해 11~12시까지 먹고 마신 다음 헤어진다.

이런 모습은 우리에게 꽤 충격적이었다. 보통 가게들은 10시쯤 열고 그때부터 물건 진열을 시작한다. 오전에 2시간쯤 문을 열었다가 닫고, 오후에 다시 서너 시간 문을 여는 게 고작이다. 오후 시간을 그렇게 편안하게 보내니 사람들이 그렇게 낙천적인가 싶다. 그렇게 늦게까지 먹고 잠들기 때문에 아침은 아주 간단하게 빵에 커피나 주스 정도를 먹는다. 그리고 점심부터 샴페인에 타파스를 먹고 다시 저녁 식사를 길게(보통 서너 시간씩) 한다.

이렇게 먹고 마시는 문화가 발달했으니 맛있는 음식이 많은 건 당연지사. 그와 정반대인 중유럽에서 살다가 간 우리는 그들의 여유로움을 보며 아무 말도 하지 못했다. 유럽은 이렇게 다 붙어 있는데도 문화가 어쩜 이리 다를까. 여행을 다녀온 이후로도 한동안 그 충격이 쉽게 사라지지 않았다.

중세도시 속으로 시간여행을 떠난 기분

스페인, 세고비아
SEGOVIA IN SPAIN

○

유럽 여행을 할 때 여건이 허락된다면, 작은 도시들은 차를 타고 다니며 구경하면 훨씬 더 많은 것을 볼 수 있다. 우리는 스페인 여행에서 자동차를 렌트하기로 했다. 작은 도시들이 인접해 있어 차로 움직이면 생각보다 많은 곳을 제대로 둘러볼 수 있기 때문이다.

처음으로 가슴을 두근거리게 한 도시는 바로 세고비아. 어릴 때 TV에서 세고비아 악기 광고를 본 적이 있었는데, 그 이후에는 세고비아에 대해 생각해 볼 기회가 딱히 없었던 것 같다.

도시 입구 주차장에서 걸어 들어오니 커다란 성벽이 우리 눈을 사로잡았다. 그런데 이건 벽이 아니라 다리에 가깝다. 아래가 아치형으로 뚫려 있고 한쪽 끝에서 반대쪽 끝까지 한없이 길게 늘어서 있었다. 알고 보니 이건 성벽이 아니라 수로라고 했다. 도시를 가로지르는 수로라니. 이곳에서 사람들은 언제부터 살았던 것일까.

놀랍게도 이 수도교는 1세기 로마제국 트라야누스 시기에 들어온 로마인들이 세워놓은 것이며, 1906년까지 높은 곳에 물을 공급하는 역할을 했다고

SE VENDE

한다. 다시 한번 내 눈을 의심했다. 1세기라니. 수로는 약 17km로 연결되어 있는데, 산에서 이곳 시내까지 물을 끌어와 사용했다고 하니 입이 떡 벌어진다. 게다가 형태가 그대로 보전되어서 더 놀랍기도 했다.

수도교를 지나 위쪽으로 천천히 걸어서 시내로 들어갔다. 시내라고 하기엔 소박한 크기의 가게들이 있었고 안쪽으로는 집들이 빼곡히 들어차 있어서 그냥 동네를 산책하는 기분으로 골목 사이사이를 걸어 다녔다. 우리는 가능한 한 위로 올라가 건물들을 조망해 보고 싶었다. 가는 길에는 오래된 벽이 있는 집들이 쭈욱 이어져 있었다. 집들이 오래되어 보이기도 했지만 외관을 예쁘게 가꾸는 일을 하지 않아서인지 마치 중세 시대의 박물관 같은 거리를 걸어가는 듯한 느낌이었다. 부슬비가 내리다 만 직후라 걸어 다니는 사람들도 거의 없어 우리의 발걸음 소리가 이쪽에서 저쪽 골목길까지 울려 퍼졌다. 도시 자체가 평지가 거의 없어서 올라가거나 내려가거나를 계속 반복했는데, 아이는 내리막길에서 짧은 다리로 얼마나 열심히 달렸는지 모른다.

그렇게 걷다가 시내를 조망할 수 있는 작은 전망대를 만났다. 이마저도 오래된 옛 모습 그대로라 입구만 보아서는 전망대라고 가늠하기 힘들다. 좁은 통로를 통해 이어진 계단을 올라가면 돌을 이어 만든 다리가 있는데, 키가 겨우 1m 갓 넘은 아이가 까치발을 들면 아래를 볼 수 있는 정도의 돌담을 쌓아 놓았다. 이쪽과 저쪽을 이어 놓은 긴 통로에 서서 마을을 내려다보았는데, 이 마을에 여전히 사람이 살아간다는 게 신기할 정도로 중세 시대와 크게 다를 바 없어 보였다.

길의 반대편은 동화에서나 나올 법한 작은 오두막집들이 줄지어 있는 마을이었다. 길을 따라 해가 지는 방향으로 걷다 보니 작은 골목길들이 나오고, 그 길 끝에 아득히 아름다운 성 하나가 보였다. 그곳이 바로 백설공주 성의 모델이 되었다는 알카사르 성이다. 보수를 여러 번 해서인지 중세 시대의 느낌은 거의 없어지고 마치 새로 옷을 갈아입은 듯한 모습이었다.

이제 나뭇잎들이 완연히 노란빛을 띠는 만추의 계절이었고, 숲속은 빛이 드는 곳마다 황금 카펫을 깔아 놓은 듯 반짝거렸다. 그 낙엽 카펫 위에서 아이는 까르르 웃으며 춤을 추었고, 우린 장단에 맞추어 노란 낙엽을 머리 위에 뿌려 주었다.

숲속에서 빠져나와 이번에는 좁은 뒷골목을 통해 성당으로 올라가는 길을 찾아냈다. 구름 사이에 숨어 있던 파란 하늘이 점점 열리더니 마침내 노

란 가을빛을 담은 햇빛이 우리에게 내리쬐기 시작했다. 멀리 보이는 성당 뒤로 해가 노랗다 못해 오렌지빛을 띠며 불타오르고, 앞길에 있는 나무들의 노란 잎에 그 빛이 더해져 전체가 황금빛으로 보였다. 우린 빛이 가득 들어오는 좁고 아름다운 골목길을 걸어갔다. 우리의 발소리와 높은 담장 위에 올라선 개들이 낯선 이들을 향해 우렁차게 짖는 소리만 골목길에 울려 퍼졌다.

우리는 세고비아에서 바야돌리드로 가기 위해 국도로 들어섰다. 양쪽에는 작은 마을들이 있었고, 도로에 차가 별로 없어 드라이브하기에 딱 좋았다. 아침에 마드리드에서 출발해 세고비아에 들렀다 종일 놀고 오후 녘에 바야돌리드를 향해 가는 길이었지만, 여전히 세고비아의 아름다움이 머릿속에 남아 있는 상태였다. 비가 그친 오후의 하늘빛은 구름과 어우러져 유난히 아름다웠고, 조금씩 기울어지려는 찰나였다.

저 멀리 파란 하늘과 세고비아의 성당이 한눈에 보이고
황금빛 태양이 저물기 전 최고의 빛을 발하고 있었다.

그때, 태양이 저물며 황금빛으로 흠뻑 물든 갈대밭이 우리 옆을 스치듯 지나갔다. 자동차 백미러로 황금색에서 오렌지색으로 바뀌어 가는 그 멋진 풍경을 직접 보면서도 믿을 수가 없었다. 그 빛과 바람을 느끼고 싶어 창문을 내리고 손을 살짝 뻗어 보았다. 그걸 보고 있던 남편이 국도변 안쪽으로 핸들을 돌려 마을로 들어가는 입구 쪽에 차를 세웠다.

우린 해가 넘어갈세라 우리가 지나쳐 왔던 갈대밭으로 미친 듯이 달려갔다. 그곳에서 우린 황금빛 세고비아를 바로 눈앞에서 마주할 수 있었다. 저 멀리 파란 하늘과 세고비아의 성당이 한눈에 보이고 그 뒤로 황금빛 태양이 저물기 전 최고의 빛을 발하고 있었다.

우린 그 길을 걸으며 바람의 언덕에서 불어오는 은은한 저녁 빛의 내음을 느꼈다. 아이는 길에서 주운 갈대를 손에 쥐고 하늘을 향해 팔을 뻗었다. 아이는 그날 여행에서 지을 수 있는 가장 환하고 밝은 웃음을 보여주었고, 우리는 그날의 여운을 카메라에 담았다.

쇼팽의 도시에서 만난 '운수 좋은 날'

폴란드, 바르샤바
WARSAW IN POLAND

여행을 다녀온 후 여행 사진을 보다 보면 그날의 분위기나 감정이 고스란히 사진에 드러난다는 것을 새삼 깨닫곤 한다. 폴란드 여행 사진을 보니 우리는 최근 몇 년간 갔던 여행 중 가장 화사한 웃음을 짓고 있었다. 여행지에 대한 만족감, 체력, 그날의 분위기, 날씨… 모든 것이 퍼즐처럼 잘 들어맞아야 하는데, 폴란드 여행은 이 모든 게 만족스러웠던 여행이었다. 다만 여행 후에 끔찍한 일을 겪어 오히려 반전이 있었던, 그래서 더 기억에 남는 여행이다.

유럽의 여름은 한국의 여름 날씨와 많이 다르다. 뜨겁게 내리쬐는 햇볕과 강렬한 자외선, 건조한 날씨 탓에 도로 한복판에 서 있으면 마치 오븐 속에 있는 것처럼 뜨거운 열기가 느껴진다. 우리가 바르샤바를 여행한 날도 딱 이런 여름 날씨였다. 바르샤바의 시내를 걸어 다니는 일은 프라하의 구시가 광장을 걷는 것과 꽤 비슷한 느낌이었다. 오래된 건물들 사이로 가게들이 들어서 있고, 오래된 골목길들이 이리저리 미로처럼 이어져 있으며, 그 미로가 끝나는 곳은 큰 광장과 맞닿아 있다.

U BARSSA
U BARSSA

건물 모양도 언뜻 보면 프라하와 닮은 느낌이지만, 좀 더 시원스럽게 뻗은 모습으로 분위기는 다르다. 프라하의 건물들이 아기자기하게 만들어진 디테일이 많은 디자인이라면, 바르샤바 건물들은 웅장하면서도 실용적인 분위기가 느껴졌다. 폴란드의 가장 유명한 음악가인 쇼팽의 흔적은 끝도 없이 많았는데, 가는 곳마다 쇼팽의 동상부터 쇼팽 음악으로 진행되는 작은 콘서트 간판까지 다양한 조형물을 볼 수 있었다.

이곳 도심의 분위기는 자연스럽고, 사람들은 리듬을 타듯 흥겹고, 거리는 구석구석 깔끔했다. 파란 하늘과 어울리는 붉은색 건물들의 조화로움과 돌바닥에서 뿜어져 나오는 이국적인 편안함, 오랜 강대국이었던 폴란드의 진가를 볼 수 있는 광장의 웅장함은 이곳을 다시 찾고 싶게 만드는 힘이 있었다. 바르샤바 시내를 걸어 다니면서 느꼈던 편안함은 그들이 가진 자연스러움에 오는 것이리라. 자연스럽고 자유로운 분위기, 그 안에서 느껴지는 사람들의 표정은 거짓말을 못 한다.

골목길을 돌다 보니 반나절이 훌쩍 지났다. 지친 다리도 쉴 겸 광장의 돌계단에 앉았다. 광장 가운데에 있는 동상 앞에서 몇몇 사람들이 공연하고 있

었다. 우스꽝스러운 슬랩스틱 코미디와 춤을 섞어 놓은 괴상한 무대였지만, 관광객들의 시선을 사로잡기에는 충분했다. 그 주변으로 사람들이 몰려들었고, 몇 명을 무대로 불러 춤을 추게 하는 등 공연에 동참시키기도 했다. 우린 멀리서 그 사람들을 구경하는 것만으로도 재미있었다.

반대편 광장에서는 살사 댄스 동호회 같은 분위기의 사람들이 모여 음악을 틀어 놓고 춤을 즐기고 있었다. 다양한 연령대의 사람들이 각자 둘씩 짝을 지어 강사의 시범에 따라 미리 연습한 듯한 동작을 맞춰보고 있었다. 공연하는 양쪽 모두가 음악을 한껏 크게 틀어 놓았는데, 그 둘의 서로 어긋나는 음악에도 사람들은 아랑곳하지 않고 자기만의 방식으로 공간을 즐겼다.

우리는 양쪽 모두 흥미롭게 바라보았다. 이들만의 방식으로 소비되는 문화가 낯선 여행자의 시선에는 즐거운 하나의 퍼포먼스였다.

그렇게 앉아 한참을 쉬고 있는데 남편과 아이가 뭐라고 속닥속닥하더니 잠깐 어디 좀 다녀오겠다고 하고 함께 사라졌다. 난 피곤해서 별생각이 없었던 터라, 더우니 아이스크림이라도 사러 갔겠거니 하고 계속 눈앞의 사람들 구경에 집중했다.

잠시 뒤 사라진 두 사람이 나타났고 아이의 손에는 커다랗고 투명한 유니콘 얼굴 모양의 풍선이 들려져 있었다. 나는 먹는 것은 제외하고, 아이를 현혹하면서 부모에게 바가지를 씌우는 상술에는 절대 넘어가지 않는 타입이다. 그래서 관광지에서 파는 상품을 아이에게는 거의 사주지 않는다. 아이는 그 풍선이 꽤나 마음에 들었는지 아빠를 졸라 기어이 풍선을 얻어냈다. 풍선 아래쪽 버튼을 누르면 불이 반짝반짝 들어온다. 아이가 너무 좋아하니 바가지 쓰는 줄 알면서도 사줄 수밖에 없다는 부모들의 마음을 어느 정도 이해

할 것 같다. 아이는 그날 내내 풍선을 들고 다니며 기뻐했다. 사진마다 콕콕 박혀 있는 풍선의 흔적이 그날 아이의 기분을 대변해 주었다.

다음 날 아침, 우리는 바르샤바 국립대학교의 부속 건물인 식물원으로 향했다. 어느 여행에서나 아침에 들르는 공원의 산책 코스는 그 도시의 수준을 느끼게 하는 척도 같은 역할을 해준다. 폴란드는 땅이 넓어서 그런지 대학교 식물원의 규모도 엄청나게 크다. 아침부터 햇빛이 이글이글 타오르는 날이었지만, 다행히 기온은 높지 않아 나무 그늘에 들어가면 시원하고 딱 기분 좋은 상태가 된다. 너른 공원에는 카페도 있고 멋진 건물들도 있어서 쉬엄쉬엄 산책하듯 걷기 좋았다.

공원 중앙에는 청동 조각상이 있는 넓은 분수대가 있는데, 그 분수대 주변으로는 사람들이 앉아서 쉴 수 있는 노란색 비치 체어가 군데군데 놓여 있었다. 마치 그림처럼 놓여 있는 의자에 잠시 앉아 보았다. 비스듬히 눕듯이 앉을 수 있는 의자에 몸을 기대니 여행의 피로는 눈 녹듯이 사그라들고 온전하게 자연이 느껴졌다. 모양을 바꾸어 가며 흘러가는 구름을 끊임없이 눈으로 좇다가, 분수대에서 쉼 없이 쏟아져 나오는 물소리를 들으니 마음이 편안해졌다. 잠시의 시간이었지만 마치 한나절을 머문 것처럼 충분한 휴식을 취할 수 있는, 여유로운 시간이었다.

다만 이 여행에서 돌아오는 길에 우리는 그야말로 '운수 좋은 날'을 경험해야 했다. 집으로 돌아오는 날, 갑자기 아이가 열이 나기 시작했다. 더운 날씨에 많이 돌아다녔고 호텔에서 수영도 많이 해서 그럴 가능성이 있다고 생각했는데, 문제는 그다음이었다. 폴란드 바르샤바에서 체코 브르노로 이동해 일을 보고 프라하의 집으로 돌아갈 생각이었는데, 바르샤바에서 브르노로 가는 고속도로에서 갑작스럽게 차 안의 에어컨이 꺼졌다. 바깥 온도는 무려 35도였고, 차 안의 온도는 38도를 가리키고 있었다. 아이는 열이 나는데

에어컨이 작동이 안 되니 하는 수 없이 창문을 열고 달려야 했다.

그렇게 고속도로를 달리던 중, 갑자기 잘 가던 차의 속도가 80km 아래로 내려가더니 더 이상 올라가지 않았다. 중간에 몇 번이나 차를 세우고 식히고 다시 달리기를 반복하며 정말 죽을힘을 다해 브르노에 도착했다. 아이는 다행히 계속 잠을 자서 조금씩 체력을 회복했지만, 마음은 타들어 갔다. 브르노에서도 일이 잘 안풀려 1박을 해야 할지도 모른다는 청천벽력 같은 이야기를 듣고 또 좌절했다. 다행히 구세주를 만나서 일을 잘 마치고 그날 자정이 되기 전에 다시 차를 끌고(고속도로를 80km 이하로만 주행해서) 프라하 집에 겨우 도착할 수 있었다.

그 더운 여름날, 우린 몸도 마음도 만신창이가 되었고, 찬란했던 우리의 폴란드 여행은 생각하기도 싫은 악몽으로 마무리되었다. 그래도 사진첩을 열어서 사진을 보고 있노라면 그날의 아름다웠던 순간들이 하나씩 머릿속에 떠오른다. 마지막 날 힘들었던 순간들까지 여행의 해프닝 정도로 기억할 수 있었던 건, 재밌고 알찼던 여행의 즐거운 추억 덕분이다.

고급스러운 파스텔 톤,
아름다운 골목길의 향연

스위스, 바젤
BASEL IN SWITZERLAND

○

우리의 스위스 여행은 스위스가 목적지인 여행은 아니었다. 독일과 스위스 국경의 경계쯤에서 독일에 숙소를 잡고 알프스를 보고, 독일의 작은 마을들과 스위스의 도시 몇 개만 보고 오기로 했다. 스위스의 혹독한 물가에 대한 우려도 있었고, 독일의 작은 마을들을 보고 싶은 욕심도 컸다.

독일의 알프스와 마을을 둘러본 후 드디어 스위스로 넘어왔다. 스위스는 말 그대로 '아름다운 낙원'의 이미지가 있어서 어떤 곳일까 내심 기대했다. 비 예보가 있어서 이미 각오했던 날이다. 여행 중 비 소식이 달갑진 않지만 나름대로 운치가 있으니 비가 오면 오는 대로 즐기는 것도 여행의 방법이다. 스위스 도시 중 비 오는 날에 가도 괜찮을 만한 도시로 바젤을 택했다. 아무래도 산보다는 도심 쪽이 비가 많이 내려도 피할 곳이 많고, 물안개가 끼고 흐리더라도 우중 산책의 묘미가 있을 것 같았기 때문이다.

그렇게 가게 된 바젤은 세련미 넘치는 파스텔 톤의 도시 컬러로 우리를 맞이해 주었다. 오래되어 보이는 건물들은 대부분 깔끔하게 단장하고 있었다. 연그레이 색의 외벽에 와인브라운과 청색이 도는 그레이 두 가지 색으로

zum Kirschbaum
37
Spalenberg
Rhomberg
Rhomberg
Photography - Limited Edition

칠해진 이중창을 달아 멀리서 봐도 세련된 분위기가 났다. 유럽의 골목길을 다니다 보면 색에 대한 영감을 많이 얻게 되는데 서로 조화롭지 못할 것 같은 색들을 묘하게 조화시키는 능력이 분명 존재하는 것 같다.

스위스의 도시들에 대한 기대는 크지 않았다. 도시에 비해서 알프스의 산자락이 훨씬 더 유명하기 때문이기도 하고, 바젤은 산업 도시이니 딱히 기대할 만큼 아름답지 않을 거라는 생각도 있었다. 그런데 웬걸, 바젤에 와서 기대치 않았던 수확 중 하나가 의외로 골목길을 구경하는 재미가 있는 도시라는 것. 감각적으로 디스플레이한 깔끔하고 세련된 가게들이 지루할 틈 없이 골목마다 이어져 있고, 구석진 골목을 돌 때마다 마치 이곳은 골목길 탐험용으로 만들어진 도시라고 생각하게 할 정도로 걷는 재미가 있었다. 따로 구획을 정해 놓지 않았지만 자연스럽게 모든 길이 이어져 있어서 어디로 얼마를 걷든 계속 새로운 무언가가 나타난다는 것이 무척 마음에 들었다.

GABRI'S PASTA

길을 걷다 보면 도시의 다양한 면면들을 만날 수 있다. 재생 패브릭으로 만든 가방으로 인기 높은 스위스 브랜드 매장 앞에 하늘 높이 우산을 달아 놓은 모습은 멀리서도 눈에 띄었다. 그곳으로 재빠르게 걸음을 옮겼더니 그 옆으로 갖가지 화분을 내놓은 가게가 보였는데, 그곳은 꽃집이 아니라 내추럴한 분위기를 테마로 한 브런치 카페였다. 안쪽으로 젊은이들이 분주히 자신이 마실 커피와 베이커리류를 들고 나르는 모습이 보였다.

또 다른 골목으로 돌아섰더니 벽 전체에 당대를 풍미했던 유명한 가수나 연주자들을 그려놓은 커다란 벽화가 기다리고 있었다. 맨 아래쪽에 비틀스 네 명의 멤버가 건널목을 건너는 그림이 보였는데, 그 옆에 서서 자연스럽게 함께 걷고 있는 것 같은 모습을 흉내 낸 아이의 사진도 담을 수 있었다.

우린 다시 시내 한가운데에서 열리는 작은 마켓으로 향했다. 소소하게 열린 가을 마켓인데, 스위스 사람들이 즐겨 먹는 퐁뒤나 치즈를 듬뿍 올린 간단한 피자 등을 맛볼 수 있었다. 마침 출출하던 차에 잘됐다 싶어서 무얼 먹을까 두리번거렸다. 스위스에 왔으니 퐁뒤를 먹어볼까 하고 퐁뒤 벤더(vendor; 거리의 노점상, 행상인)에게 갔는데, 종이 접시에 불에 녹인 퐁뒤 치즈 슬라이스 한 개과 콩알만한 감자 한 알과 피클 단 한 조각을 올린, 보기에는 굉장히 부실한 퐁뒤 세트를 팔고 있었다. 말하자면 길거리 음식인 이 메뉴 한 접시가 10스위스프랑(약 1만 2천 원)! 헉, 스위스 물가가 비싼 건 알았지만 체감하니 느낌이 다르다.

우린 감자를 잘게 썰어 치즈와 섞어서 튀긴 카르토펠푸퍼(Kartoffelpuffer)와 피자를 사서 간단히 요기했다. 잠시 앉아서 쉴 겸 우리는 바로 뒤에 있는 바젤 대학교로 들어갔다. 여행을 다닐 때(특히 아이와 함께 있을 때) 잠시 앉아 마음 편히 쉴 수 있고 무료로 깨끗한 화장실을 이용할 수 있는 곳으로 대학교 캠퍼스만 한 곳이 없다. 유럽의 대학들은 캠퍼스가 따로 없이 건물들이

Zanolla
Ihr Vergnügen ist uns

하나씩 떨어져 있는 경우가 대부분이라 대학인지 아닌지 구분하기가 좀 어렵긴 하지만, 일단 건물 안으로 들어서면 눈치 안 보고 편히 있을 수 있다. 학교 안에 카페테리아가 있어서 살짝 내부를 들여다보았는데, 대부분 도시락을 싸가지고 와서 먹고 있는 모습이 보였다. 카페테리아 메뉴도 간단한 것들이 대부분 15~20스위스프랑 정도라 학생들이 먹기에는 꽤 벅차 보였다. 이곳에 비해 물가가 아주 저렴한 체코에서 살다가 갑자기 비싼 나라로 오니 손이 떨리긴 했다.

시내에 유럽의 작은 동네에나 있을 법한 페리스 휠(대관람차)이 보인다. 아이들에게는 늘 로망인 이 놀이기구를 우리 집 어린이는 역시 눈을 반짝이며 타고 싶어 했다. 나와 남편은 놀이기구를 별로 즐기지 않는 사람들이라 누가 함께 탈 것인가를 놓고 눈치작전을 펼쳤다. 이번엔 남편이 당첨. 아이는 신이 나서 관람차에 올라탔다. 클래식한 디자인의 페리스 휠은 아래에서 바라보기만 해도 그림같이 참 예뻤다. 꽤 여러 번 회전을 반복하다가 어느 순간 휠이 멈추었다. 내리는 아이의 얼굴에는 뿌듯한 만족감이 배어 나왔다.

다시 조용한 주택가 쪽으로 들어서서 걷다 보니 우리가 좀 전에 있었던 시내의 반대편이 나타났다. 바젤의 대관람차와 라인강이 어우러져 시내의 풍경이 무척이나 조화로워 보였다. 런던의 화려한 풍경과는 전혀 다르지만, 작고 소중하게 예쁜 바젤의 도심 풍경은 잠깐 보고 지나치기엔 무척 아깝다는 생각이 들었다.

우리는 이 풍경을 오래오래 보고 싶어 강둑으로 내려가는 계단과 연결된 둔덕에 걸터앉았다. 라인강을 바라보며 쉴 새 없이 돌아가는 관람차를 보고 있자니 금세 마음이 편안해진다. 이렇게 모여 앉아 사진도 찍고 오늘 본 시내 모습들을 이야기하는 시간이 무척 소중하게 느껴졌다.

HARM

우리가 앉아 있는 둔덕 뒤로는 조용하고 한적한 주택가가 있다. 자기 집 테라스에서 라인강을 바라보면서 와인을 마실 수 있고, 강가에서 산책할 수 있는 환상적인 조건에서 살다니. 스위스의 허덕이는 물가만 아니라면 이 동네에서 한 번쯤 살아보고 싶다는 마음이 들 정도로 마음에 쏙 들었다.

쓰레기 하나 없이 깔끔한 이 동네에는 약속이나 한 듯 한 집 건너 한집마다 자전거가 세워져 있었다. 환경을 생각해서인지 자전거를 타고 다니는 사람들도 꽤 많이 눈에 띄었다. 사진을 찍다가 호기심이 생긴 집이 있었다. 집 앞에 재활용 쓰레기를 주르륵 묶어서 세워놓았는데, 그냥 지나치기에는 너무나 깔끔했다. 집 앞을 지나는 사람을 배려한 것일까. 그러고 보니 바젤에서는 아무리 자기 집 앞이라고 해도 지저분하게 그냥 둔 집이 없었다. 사람들이 지나는 길이기 때문에 내 집 앞이기 이전에 공공장소로 인식하는 것 같다. 모두를 배려하는 마음이 몸에 밴 이들만의 습관으로 보였다.

새롭게 발견한 아름다움,
한 번쯤 살아보고픈 도시

스위스, 취리히
ZURICH IN SWITZERLAND

우리가 스위스에 간 이틀 내내 흐린 날의 연속이었다. 유럽은 가을의 어느 정점을 지나면 겨울까지 흐린 날씨가 이어진다. 간혹 운 좋게 맑은 날도 있는데, 이건 여행지에서 기대할 수 있는 조건은 아니니 아예 없는 셈 친다.

취리히에 갔던 날 역시 비가 오다 말다 먹구름이 낀 흐린 날이었지만, 취리히의 톤다운 된 건물색이 이 흐린 날과 묘하게 잘 어울리면서 마음의 안정감을 줬다. 취리히에서는 무엇을 볼 것인지 크게 고민할 필요가 없다. 골목길 탐험을 좋아하는 이들에게는 굉장히 만족감을 주는 도시이기 때문이다. 건물의 형태나 색감뿐 아니라 문의 모양이나 색깔, 창문과의 어우러짐까지 고민한 흔적들이 엿보인다. 그 조화로움과 깔끔함이 지나가는 이들을 미소짓게 만든다.

골목을 돌 때마다 작은 소품 가게들이 보였는데, 가게마다 작지만 개성 있는 소품들을 모아 판매하고 있어 구경하는 재미가 있었다. 독특한 유럽식 디자인의 모자를 판매하는 가게, 초를 만들어 파는 가게, 핸드메이드 액세서리 가게, 테디베어만 모아 판매하는 인형 가게, 액자와 종이를 판매하는 페이퍼 가게, 디저트와 음료를 파는 작은 카페 등이 옹기종기 모여 있었다. 가게

에 달린 작은 간판들도 고민해서 만든 흔적들이 역력했다. 자기 가게만의 정체성을 표현하는 간판을 만드는 데 온갖 정성을 쏟는 이들의 마음이 고스란히 느껴졌다.

구불구불 골목들 사이를 누비며 작은 가게들을 구경하는 재미에 취해 걷다 보니 어느새 강이 내려다보이는 높은 곳까지 올라왔다. 취리히는 호수가 북쪽에 자리 잡고 있고 리마트강이 도시 가운데를 가르며 흐르고 있어서 '아름다울 수밖에 없는' 선제 조건을 가지고 있다. 위에서 내려다보면 강폭이 좁아서인지 양쪽에 자리 잡은 집들이 마치 미니어처 장난감처럼 오목조

목 예쁘다. 땅이 좁은 탓인지 하나씩 있는 주택보다는 위로 높게 지은 아파트 형태의 집들이 많다. 그 형태와 색감이 서로 비슷해서 언뜻 보면 그 집이 그 집 같아 보이기 쉽다. 그러나 자세히 보면 지붕 모양도 그 형태도 모두 다르다. 비슷하면서 다른 모양이 서로 어우러져 취리히만의 고급스러운 분위기가 완성된다. 지붕 색은 아주 짙은 브라운톤이고 건물색은 대부분 그레이가 섞여 있다. 꽤 우울할 수 있는 분위기인데 곳곳에서 돋보이는 포인트 컬러들이 섞여 있어 오히려 생동감을 불러온다.

우리는 오래된 동네 위쪽에서 강가를 바라보며 서 있다가 반대편 아래쪽으로 내려왔다. 마치 어릴 적 살던 동네를 보는 것만 같이 아주 익숙한 느낌이 들었다. 내려오는 중간에 작은 놀이터가 하나 있었는데, 그네를 보자마자 아이는 익숙한 듯 바로 올라탔다. 처음 보는 남의 동네에서 친숙한 듯 그네를 타는 그 모습이 왠지 낯설지 않아 보였다.

동네 산책에서 중요한 건, '모든 것을 새롭게 바라보기'다. 호기심을 가지고 보다 보면 그곳을 살아가는 사람들의 진짜 모습을 발견할 수 있다. 취리히는 금융을 대표하는 도시이자 물가가 아주 비싼 도시여서 여유 있는 사람들이 그 모든 것을 누리고 살 수 있을 거라는 생각을 했었다. 그러나 그날 우리가 골목길에서 본 것은, 그저 자신의 동네에서 오랫동안 살아온 익숙하고 친숙한 유럽인의 모습이었다.

골목을 돌 때마다 작은 소품 가게들이 보였는데,
가게마다 작지만 개성 있는 소품들을 모아 판매하고 있어
구경하는 재미가 있었다.

PS:

Rauchlachs
Spezialitäten
frische
Sandwiches
WARME
Kaffee

Zunft
zum
Widder
24
Augustiner-Gasse
28

영감의 원천이 가득한,
홀리듯 빠져드는 '파리(Paris) 효과'

프랑스, 파리
PARIS IN FRANCE

프랑스 파리는 요즘 여자들에게 꿈의 도시인 것 같다. 온갖 설렘과 욕망(쇼핑욕)으로 가득 찬 도시 말이다. 전 세계적으로 인기 있던 드라마 시리즈 〈에밀리 인 파리〉의 영향 탓도 크리라.

처음 유럽에 와서 파리에 가게 되었을 때 나도 그러했다. 나의 트렁크는 마치 나의 설렘과 욕망을 대변하듯 파리 여행의 준비물로 가득 채워졌다. 하고 싶은 것도, 가고 싶은 곳도 너무 많아서 어디부터 어떻게 할지, 가기 전부터 매일매일 계획을 세웠던 날들이었다. 날짜 별로 어디에 갈지 미리 기록하고 그날 입을 아이 옷과 내 옷도 함께 준비해서 트렁크에 차곡차곡 넣었다. 그렇게 떠난 첫 번째 파리 여행 사진은 지금 봐도 설렘이 가득하다. 풋풋한 첫사랑의 기억처럼 말이다.

파리에 있는 내내 우리는 파리 시내를 골목골목 누비며 돌아다녔다. 파리의 봄날은 낮엔 덥고 아침저녁에는 서늘한 바람이 분다. 한낮의 햇볕은 따스했으나 하늘은 흐렸고 빛이 많이 번졌다. 사진을 찍으려고 카메라를 바라보면 빛 때문에 나도 모르게 찡그리고 있다. 그래도 너무 좋아서 입은 늘 함

RUE DE
L'ABBÉ DE L'EPÉE
Jouets Bass

박웃음을 짓고 있었다. 이건 나도 모르게 생긴 일명 '파리(Paris) 효과'다.

파리에 도착한 첫날, 에펠탑이 있는 공원에 갔다가 시내를 구경하기로 했다. 에펠탑은 다음 날 올라갈 예정이었으므로 일단 공원에만 갔다가 노트르담 성당 앞 공원에 자리를 잡았다. 그 공원에 아이들을 위한 작은 놀이터가 있었는데, 아이는 그네와 놀이기구를 타며 자기 나름의 여행을 즐겼다. 나중에 아이가 자라 사진을 보면서 '내가 어렸을 때 노트르담 성당 앞 놀이터에서 놀았구나.'라고 떠올리길 바라며, 아이 사진을 여러 장 찍었다.

다시 오래된 책과 엽서, 잡지 등을 판매하는 가판대가 즐비한 센강을 지나 셰익스피어 서점에 가서 한참 오래된 책 냄새를 맡다가, 파리 뤽상부르 팰리스 공원에서 잠시 쉬면서 파리 사람들의 여유로움을 떠올렸다. 그렇게 걸어 어느덧 샹젤리제 거리까지 도착했다.

이렇게 종일 걷고 또 걸어도 지치지 않는 건 파리의 골목이 아름다운 색으로 가득 차 있었기 때문이다. 거리에서 거리로, 이 골목에서 저 골목으로, 이 가게에서 저 가게로… 눈이 한시도 쉴 여유가 없을 정도로 아름다운 도시였다. 그 아름다움은 스위스의 깔끔한 도회적 이미지와도 달랐고, 햇빛을 한가득 받아 빛바랜 아름다움을 뽐내던 이탈리아의 거리 풍경과도 달랐다.

파리는 오래된 것들과 새로운 감성이 합쳐져서 풍성하게 묘사된, 세련되고 아름다운 것들이 넘쳐났다. 거리를 오가는 사람들도, 건물들의 풍경도, 판매하는 물건들도 하나같이 세련된 유럽의 이미지를 연상시켰다. 볼거리가 이렇게 가득하니 걷는 내내 하나도 지루하지 않다. 파리가 지저분하고 오래된 냄새가 난다며 싫어하는 이들이라도 낭만적인 이 도시의 색에 빠지면 헤어 나오기 힘든 이유가 바로 이것이다.

에펠탑은 늘 사람이 붐빈다는 이야기를 많이 들었던 탓에 에펠탑에 올라가기로 한 날은 아침 일찍 서둘렀다. 예상대로 이른 아침인데도 줄은 꽤 길었다. 에펠탑으로 올라가는 길은 두 갈래다. 하나는 엘리베이터를 타고 올라가는 길, 하나는 계단을 걸어 올라가는 길. 우리는 아이가 있어 걸어 올라가는 건 생각하지도 않았는데, 긴 줄을 보니 생각이 바뀌었다. 엘리베이터는 탈 수 있는 인원이 한정되어 있어 오래 기다려야 차례가 오지만, 계단은 기다림 없이 바로 올라갈 수 있다. 자, 이제 우리의 선택은? 망설임 없이 걸어 올라가는 길을 선택했다. 네 살 아이는 아빠의 등에 매달렸고, 휴대용 유모차는 접어서 손에 들었다.

다행히 성당의 탑처럼 좁은 나선형 계단이 아니라서 오르기는 쉬웠다. 대신 얼마나 올라가야 하는지 끝을 알 수 없다는 점이 재밌기도 하고 아찔하기도 했다. 오르는 내내 뚫린 양옆으로 아래 풍광을 계속 내려다볼 수 있다는 것도 좋았다. 물론 지치지 않았던 계단 중반까지. 그 이후의 일은 말하지

않아도 누구나 아는 그것. 숨이 턱턱 막히고 어디 잠깐이라도 앉을 수 있다면 좋겠다 싶게 점점 지쳐갔다. 아이는 목말을 탔다가 다시 내려서 혼자 걷다가를 반복하면서 천천히 올라갔다. 그나마 엘리베이터 없는 6층 집에 살았을 때라 계단 오르기에 꽤 익숙했기 때문에 가능한 일이었다.

에펠탑 등정은 산에 올라가는 것과 같아서 끝에 다다랐을 때는 엄청난 고통을 느끼지만, 막상 오르고 나면 그렇게 시원할 수가 없다. 건물을 타고 온 바람이 땀이 흐르는 등줄기로 훅 들어오는데, 그때 기분은 마치 천국인 양 달콤했다.

에펠탑에서 바라본 파리의 하늘과 파리 시내의 풍경은 정말 눈에 담아 가져가고 싶을 만큼 아름다워서 힘들게 오를 만한 충분한 가치가 있었다. 에펠탑 위쪽은 가운데를 중심으로 빙 둘러서 볼 수 있도록 사방이 뚫려 있는 구조다. 우리는 철재 가림막 사이로 어느 것 하나도 놓치지 않겠다는 일념으로 열심히 풍경을 눈에 담고, 사진도 찍었다.

엘리베이터를 타고 온 사람들은 유유히 파리 시내를 구경하고 다시 엘리베이터를 타고 내려갔다. 우리가 힘들게 올라와 만끽한 그 희열을 전혀 모른 채로. 계단을 하나하나 오를 때는 이렇게까지 힘들게 올라가야 하나 싶은 순간들이 분명히 있었다. 그런 생각이 들 때마다 에펠탑에게 볼멘소리를 했지만, 힘들게 얻으면 기쁨도 더 값지게 여겨진다는 걸 다시금 확인했다.

파리는 소매치기들이 많기로 악명 높다. 물론 우리 같은 외국인들이 그 대상이다. 말로 들었을 때는 조심해야지 싶었지만, 실제로 내가 그 일을 겪고 나니 조심한다고 되는 일은 아니다 싶다.

그날 우리는 파리에서 몇 가지 쇼핑을 해서 짐이 좀 많았다. 나는 평소처럼 아이를 유모차에 앉히고 여러 개의 쇼핑백과 가방을 유모차에 걸어둔 상태였다. 지하철 문이 열리고 여유롭게 지하철을 탔는데, 갑자기 누군가가 우리를 세게 미는 느낌이 드는 거다.

그와 동시에 내 옆에 서 있던 여자가 나를 보고 씩 웃더니 다시 열린 지하철 문으로 재빨리 내리는 게 아닌가. 정말 순식간이었다. 유모차에 걸어둔 가방의 지퍼는 이미 열려 있었다. 처음에는 남편 바지 뒷주머니를 노리는 척하면서 우리의 시선을 끌었고, 내 옆에 바짝 서 있던 여자가 내가 시선을 빼앗긴 사이에 가방을 열어 지갑을 채간 것이다. 일이 끝나면 다시 지하철 문이 열기 위해 한 명이 밖에 대기하고 있다가 발을 넣어 문을 열어주는 시스템이다.

그렇게 제대로 '눈 뜨고 코 베인' 파리 여행을 끝내고 체코로 돌아온 지 4~5일쯤 지났을까. 파리에서 집으로 우편물이 하나 날아왔다. 누가 버린 신분증을 찾았으니 와서 찾아가라는 것. 파리에 사는 지인이 있어 다행히 잃어버렸던 신분증은 무사히 집으로 돌아왔다. 파리 소매치기 해프닝은 마무리되었으나, 그날 이후로 '파리=소매치기' 공식은 꽤 오랫동안 나를 지배했다. 그 이후로 갔었던 파리 여행에서 나는 여행 내내 가방을 꼭 부여잡고 다닌 기억밖에 없다. 작은 기억 한 조각이 그 도시의 기억을 지배하기도 한다.

거대한 로마 유적지 속에서 축제처럼 사는 사람들

이탈리아, 로마

ROME IN ITALY

○

이탈리아 로마에 들어선 그 순간부터 거대한 로마 시대 유적지로 떨어진 것 같았다. 일부러 유적지를 찾아다니지 않아도 모든 것이 다 연결되어 있는 것 같은 느낌. 세월의 무게를 견디느라 망가진 곳도 있었지만, 그 시절의 위용을 간직한 어마어마한 규모의 건물들이 로마 곳곳을 떠받치고 있었다.

로마 시내에서 유명한 곳을 찾는 건 어렵지 않다. 사람들이 북적북적 모여 있는 곳만 가면 무조건 유명한 관광지이기 때문이다. 트레비 분수대 앞도 사람들로 발 디딜 틈이 없어서 슬쩍 구경하고 바로 나왔다. 아주 이른 아침이 아니면 조각상의 멋진 모습을 가만히 앉아 구경하기란 쉽지 않다. 〈로마의 휴일〉에서 오드리 헵번이 젤라토를 먹던 계단으로 유명한 스페인 계단 역시 사람들 머리밖에 보이지 않을 정도로 꽉 차 있었다.

로마 시내는 활기로 가득 차 있었다. 바닥은 울퉁불퉁한 돌바닥이고 건물들도 모두 돌로 지어져 있다. 길가에 내어둔 의자와 테이블에 앉아 사람들은 로마의 바람과 공기를 느끼면서 에스프레소와 젤라토를 즐긴다. 광장마다 사람들이 모여 있는데, 다가가 보면 퍼포먼스를 즐기고 있다. 이탈리아 사람

들은 말도 빠르고, 몸도 재빠르고, 성격도 급하다. 이런 사람들의 번잡스러움과 흥겨움 사이에 있다 보니 로마 축제의 현장 속에 빠져든 것만 같았다.

우린 사람들이 부딪힐 것만 같은 좁은 골목들을 지나 넓은 골목으로 방향을 틀었다. 줄이 긴 가게를 보면 어김없이 젤라토를 파는 가게다. 한 집 건너 한 집 꼴로 젤라토나 커피를 파는 가게인데도 사람들이 그렇게나 꽉 차 있는 게 신기했다.

우리도 이번엔 커피와 젤라토는 원 없이 먹겠다고 다짐했다. 줄이 긴 곳은 세계 어디를 가나 맛집일 확률이 크다. 길을 걷다 줄이 긴 곳들은 지나치지 않고 줄을 섰는데, 역시 젤라토는 먹을 때마다 기대를 저버리지 않았다. 단 한 번, 쌀로 만든 젤라토를 샀는데 쌀알이 그대로 씹혔다. 우린 한 입씩 먹어보고는 그냥 과일 맛을 먹자고 결론을 내렸다. 아무리 실패해도 즐거운 기억으로 남는 건 여행지에서의 새로운 설렘 덕분일 것이다.

로마에서의 둘째 날, 콜로세움에 갈 계획을 세웠다. 언제나 북적거리는 관광지라 엄청나게 기다릴 것이라고 예상한대로, 역시나 줄은 길고도 길었다. 그래도 콜로세움은 확 트인 야외인 데다 워낙 크고 넓어서 기다림이 생각보다 지루하지 않았다.

막상 안쪽으로 들어가 콜로세움을 볼 때는 여느 박물관처럼 엄격한 제한은 없었다. 생각보다 자유롭게 다니면서 곳곳을 볼 수 있다. 이미 허물어진 곳이 많았지만, 원형의 모습으로 보수하지 않아 세월의 흔적이 고스란히 느껴졌다. 그래서인지 구멍 뚫린 벽도 많고 바닥에 무너진 잔해들도 마치 공사현장처럼 그대로 나뒹굴고 있었다. 아이는 뚫린 벽 사이로 얼굴을 내밀고 우릴 보며 깔깔거리며 웃었다.

우린 콜로세움의 위쪽 계단 위에 자리를 잡고 앉아 잠시 휴식을 취했다. 그늘에 앉으면 서늘하고 햇빛에 있으면 뜨거운, 그런 날이다. 사람이 많아도 공간이 넓으니 쾌적하게 관람할 수 있다는 건 큰 장점이었다. 이 커다란 공간을 그 옛날에 어떻게 지었을지 상상하기도 힘들었다. 게다가 그 당시 로마인들이 이곳을 가득 메웠을 테니, 얼마나 많은 일이 벌어졌을까. 우린 온갖 상상의 나래를 펼치며 계단을 내려왔다.

아침 일찍 나왔지만 이미 해는 머리 위쪽으로 향해가고 있었다. 우린 콜로세움을 나와 바로 옆에 있는 포로 로마노(로마 공회장) 유적지로 부지런히 걸어갔다. 이미 콜로세움에서 나온 관광객들이 줄을 지어 포로 로마노로 향하고 있었다. 이곳에서는 설령 길을 잃는다 해도 관광객들만 따라다녀도 될 만큼 무리 지어 이동하는 사람들이 많다. 역시 로마는 로마다.

포로 로마노는 많이 기다리지 않고 입장할 수 있었다. 신전과 바실리카 등이 있었던 흔적이 곳곳에 남아 있으나 대부분 유실되어 폐허처럼 변해 있

었다. 그러나 이 폐허와 건물 잔해만으로도 날 것 그대로 아름답다. 옛것의 흔적들이라니, 이 얼마나 멋진가. 포로 로마노는 갈매기들의 놀이터다. 사진을 찍으려고 하면 어느 틈엔가 날아든 갈매기들이 자리를 잡고 모델처럼 뽐내며 서 있다. 어떤 각도에서 찍어도 결국 렌즈 안에 잡힌다.

사실 콜로세움보다 포로 로마노를 보러 다닌 게 더 기억에 남는다. 위아래로 올라갔다 내려갔다 하면서 서로 다른 각도에서 보는 재미도 있고, 건물 위쪽에서 무너진 잔해들을 보며 여기는 무엇이 있었고 저기는 누가 살았는지 상상하는 것도 정말 재미있다.

단, 이곳의 큰 단점은 그늘이 없어 늘 뜨겁다는 것. 오후에 방문하면 시원한 바람 따위는 구경도 못 하고 뜨거운 햇빛에 타들어 가다가 손사래 치며 나오게 될 수 있으니 계획을 잘 세워야 한다.

콜로세움과 포로 로마노의 위용은 대단했다.
서로 다른 각도에서 보는 재미도 있고, 누가 살았는지 상상하는 재미도 크다.

고대 로마 유적지 포로 로마노는 즐비한 고대 신전과 석상들 사이로
잔디와 나무들이 삐죽삐죽 솟아나 있었다.

우리는 마치 미로 찾기를 하듯 석상과 무너진 건물들 사이를
지나다니면서 살아 있는 박물관에 와 있는 기분을 느꼈다.

성스러움의 집약체,
길고 긴 기다림의 미학

바티칸 시티

VATICAN CITY

○

로마에 가서 바티칸에 가지 않는다는 건 상상할 수 없다. 가톨릭을 믿는 사람이 아니라도 말이다. 우리도 날을 잡고 서둘러 바티칸 시티로 향했다. 바티칸 시티로 들어가는 정문 대로변은 양쪽이 모두 바티칸 시티로 향하는 관광객들을 위한 곳이다. 기념품을 파는 판매점이 가장 많고, 카페와 레스토랑이 줄지어 있다. 관광객들을 위한 식당이나 기념품 가게는 멀리하는 편이라 우리는 정문으로 바로 향했다. 아침 일찍 온다고 왔는데도 바티칸 시티로 들어가는 줄은 끝도 없어 보인다. 어차피 이렇게 될 거라고 예상한 터라 그렇게 절망적이진 않았다.

바티칸 시티는 국가 안의 또 다른 국가이기 때문에 국경 검문소 통과하듯 검사를 받아야 한다. 게다가 한 번에 입장시키는 인원을 제한하기 때문에 줄이 금세 줄어들지 않는다. 일단 줄을 섰는데, 줄 서는 곳은 그늘 한 점 없는 땡볕이다. 다른 여행객들을 보니 함께 줄을 서 있지 않고 교대로 줄을 서는 분위기여서 우리도 릴레이로 줄을 서기로 했다. 아이는 그늘진 건물 아래에 있게 하고 우리 부부가 번갈아 가며 그늘로 피신했다가 다시 돌아오기를 반복했다.

아이는 간식을 먹으며 다른 이들을 관찰하며 시간을 보냈다. 그늘진 곳에서 뛰어다니기도 하고 가위바위보도 하고 놀다 보니 힘들어하진 않았다. 줄서기 시작한 지 한 시간 반 정도 되었을까, 드디어 우리 차례가 돌아왔다.

오래 기다렸으니 안으로 들어가면 모든 걸 쉽게 볼 줄 알았는데, 성스러운 공간을 대면하는 일은 생각보다 녹록지 않았다. 들어가서도 역시 줄을 서야 대성당 안으로 들어갈 수 있었다.

성당의 웅장함은 말로 다 표현할 수가 없는데, 위쪽으로 올라가면 촘촘한 모자이크 타일로 만들어진 성화와 천장 벽화까지 가까이에서 관람할 수 있게 되어 있다. 벽화와 건축물을 꼼꼼히 보고 마지막으로 바티칸을 조망할 수 있는 전망대에 올라갈 수 있었는데, 역시 계단은 셀 수 없을 만큼 무지막지하게 길고 많았다. 어떤 아주머니는 끝도 없이 이어지는 원형 계단을 내려

오다가 무섭다며 비명을 지르기도 했고, 숨이 막혀서 못 걷겠다며 계단에 주저앉는 사람도 있었다. 바티칸은 가능한 한 운동 신경 좋은 젊을 때 가 봐야 한다는 게 우리의 결론.

우린 신앙을 가진 가족은 아니지만 유럽에서 여행 다니면서 성당을 안쪽까지 꼼꼼히 보는 걸 좋아한다. 유럽에서는 절대 빠질 수 없는 것이 바로 가톨릭 문화다. 지금은 종교와 문화라고 명명하지만, 옛 시절에는 그것이 바로 그들의 역사였기 때문이다. 같은 가톨릭 문화라도 나라나 도시마다 성당에서 느껴지는 예술성과 디자인 그리고 화려한 정도가 확연히 달라져 보는 재미가 있었다.

특별히 깊이 있는 건축 지식이 없더라도, 도시마다 서로 다른 모습을 구경하는 것만으로도 여행의 재미를 느낄 수 있다. 그 도시가 과거에 번성했었는지, 부와 권력을 어느 정도 가졌었는지에 따라 성당의 모습은 매우 다르다.

우리가 성당을 찾는 또 다른 이유 중 하나는 그 안에서 느껴지는 엄숙함과 고즈넉한 편안함이 주는 상태를 좋아하기 때문이다. 성당에 들어가 앉아 있노라면 여행의 피로를 잠시 잊을 수 있다. 귀도 눈도 그 공간에 들어서면 한층 더 편안해진다. 가끔 운이 좋으면 귀 호강을 제대로 시켜주는 파이프 오르간 연주나 성가대의 합창도 들을 수 있다.

바티칸 성당은 이렇게 성당 예찬론을 펼치는 나에게도 너무 크고 웅장한 곳이어서 입이 떡 벌어지기에 충분했다. 오히려 내가 감당하기에는 그 화려함이 지나쳐 디자인과 색채, 거대함에 압도당하고 말았다.

바티칸 성당은 웅장함을 넘어 성스러움을 느끼게 한다.
마치 다른 세상에 다녀온 것처럼.

대성당의 천장 벽화를 관람하고 엄청난 원형 계단을 오르고 또 오르면 마침내 전망대가 나타난다. 그 위에 서면 바티칸 시티와 로마 시내가 한눈에 내려다보인다. 마치 로마 시대의 모습과 크게 다르지 않을 것 같은 풍광이 눈앞에 펼쳐진다. 다시 못 볼 풍경이라 여겨져서 성스럽고 멋스러운 이 광경을 더욱 소중하게 눈에 담았다. 밖으로 나오면 성당과 성당이 이어진 부속 건물의 옥상인데, 그곳은 바실리카의 둥근 탑을 배경으로 사진찍기 좋은 장소다. 사진을 찍고 나서 옥탑에 잠시 걸터앉아서 시원한 바람을 맞으며 쉬는데 마치 천상에 있는 듯 기분 좋은 설렘을 느꼈다.

밖으로 나와 기념품 가게로 가는데, 건물 옆의 노란색 우체통이 눈에 띄었다. 이 우체통은 누구나 교황에게 편지를 써서 넣으면 전달이 되는 우체통이라고 한다. 얼마나 많은 사람이 자신의 염원을 담아 편지를 써넣었을지 짐작이 되지 않았다.

아름다움으로 치장한 숨겨진 보석, 줄리엣의 도시

이탈리아, 베로나
VERONA IN ITALY

○

이탈리아의 빛은 어떤 말로도 형용할 수 없는 아름다움을 품고 있다. 아파트마다 덧창을 달아 놓을 정도로 뜨거운 햇볕이 종일 내리쬐는 동네. 그래서인지 이탈리아 하면 아련한 햇빛의 내음이 떠오른다.

여행하면서 조용히 햇빛을 만끽한다는 건 좀처럼 쉽지 않기에, 잠시 머물며 그 시간을 품어보기로 했다. 베로나 여행은 그랬다. 골목 구석구석을 돌면서 이탈리아의 햇빛과 내음을 즐겼다. 간간이 들려오는 사람들의 말소리를 귓가로 흘려들으면서, 번잡한 듯 번잡하지 않은 가게들을 지나다 보면 이야기가 가득 찬 뒷골목들이 나온다. 길게 늘어진 집들 사이를 지나 언덕을 오르면 베로나 시내를 조망할 수 있는 전망대가 나온다.

전망대 위에서 내려다본 베로나는 마치 로미오와 줄리엣이 살아 돌아온 듯 그 시절이 그대로 담겨 있는 모습이었다. 눈앞에 주황색 지붕과 건물들이 줄지어 서 있다. 햇빛은 모든 창에 공평하게 나뉘어 드리워져 있다. 사진을 찍다가 뒤돌아 보니 벤치에 아이가 누워 있다.

"왜 거기 누워 있어?"라고 물으니 "여기 너무 시원해."라고 한다. 가서 의

자에 손을 대보니 그늘에 놓인 대리석 벤치는 시원한 돌덩이 그 자체다. 이탈리아의 뜨거운 햇빛과 언덕 위를 걸어 올라오면서 후끈 달아오른 몸을 식히기엔 이만한 곳이 없다 싶다.

시내는 오래된 돌벽으로 만들어진 건물들이 많은데, 작은 아틀리에나 공연 포스터들을 곳곳에서 볼 수 있다. 시내 한가운데에는 로마 콜로세움의 축소판 같은 원형 경기장이 그대로 보존되어 있다. 베로나의 콜로세움은 사람이 별로 많지 않아서 쉽게 들어갈 수 있었다.

베로나의 콜로세움은 아름답고 웅장했다. 원형 경기장의 계단을 오르다 보니 등에서 땀이 흐른다. 잠시 쉬었다 가야겠다 맘먹고 그늘진 곳을 찾아 걸터앉았다. 한낮에는 햇볕이 세서 공연은 늘 밤에 열린다고 한다. 한밤에 야외 공연장에서 울려 퍼지는 오페라라니, 상상만 해도 가슴이 떨린다.

베로나 하면 가장 먼저 떠오르는 생각은 역시 로미오와 줄리엣의 배경이 되는 도시라는 것. 그 당시 한창 로미오와 줄리엣, 그중에서 공주 같은 줄리엣에 빠져있던 아이는 줄리엣이 살았던 도시라는 말에 눈을 반짝이며 따라왔다.

시내를 걷다 보면 곳곳에 로미오와 줄리엣의 흔적이 많이 있다. 굳이 찾지 않아도 줄리엣의 집으로 저절로 발걸음이 옮겨질 수밖에 없다. 실제로 생존한 적도 없는 소설 속 인물의 집에 찾아가는 것이 조금 우습기도 했고 의미 없는 일이라는 생각이 들기도 했지만, 많은 사람들이 찾아가는 곳이라 한번 보고 싶은 마음에 발걸음을 옮겼다.

줄리엣의 집으로 들어가는 입구에는 의자가 놓여 있었는데, 그 뒤쪽 벽면에는 줄리엣을 향한 절절한 메시지들이 빼곡히 적혀 있었다. 오랜 세월에 걸쳐 적힌 글이라 어떤 글씨든 다 까만색으로 보인다.

안뜰로 들어서면 마당이 있고 유럽풍의 작은 저택이 있는데, 아이비가 가득 채워진 주택의 이층에 아름다운 발코니가 보인다. 그곳이 바로 로미오가 구애했다는 곳(으로 만들어 두었다). 마당에는 줄리엣의 동상이 있는데 줄리엣의 가슴을 만지면 사랑이 이루어지거나 행운이 온다는 말이 있어서 모두 줄을 서서 가슴을 만지며 사진을 찍는다.

이런 광경을 보고 있자니 '보는 만큼 믿고 믿는 만큼 본다'라는 말이 생각났다. 비록 소설 속 인물이지만 이렇게 눈으로 보고 손으로 만질 수 있으니 마치 그 사람이 살아있던 사람인 것 같이 느껴지고, 또 줄리엣의 비극적이면서도 로맨틱한 사랑의 감정에 공감하게 되는 것 같다. 그래서 사람들은 동화를 믿고 아름다운 로맨스 소설과 드라마, 영화에 열광하는 것 아닐까.

팬데믹 이후
다시 찾은 이탈리아

이탈리아, 볼로냐
BOLOGNA IN ITALY

○

코로나 팬데믹 이후 우리의 여행 스타일은 조금 달라졌다. 지금까지는 한 달에 한두 번, 체코 근교 도시를 찾거나 분기별로 계획을 세워 유럽의 가고 싶은 나라를 여행하곤 했는데, 코로나 이후 유럽의 어느 곳에도 갈 수 없었다. 저마다 국경을 걸어 잠그고 새로운 바이러스가 언제 퍼질지 몰라 두려워하며 다들 그 안에서 고군분투했다. 그렇게 시간이 흘러갔고, 다시 유럽은 서로에게 여행의 자유를 주었다. 다만 그 방식은 시시각각 달라졌다.

우리가 다시 이탈리아를 찾은 건 2021년. 우린 이미 백신을 다 맞은 상태였고, 아이는 가기 전 항원 검사를 받았다. 이탈리아의 방역 수칙은 체코보다 훨씬 까다로웠고, 코로나로 큰 피해를 본 나라여서 그런지 사람들이 마스크도 철저하게 끼고 다녔다. 어딜 가든 방역패스(이곳에서는 '그린 패스'라고 불렀다)를 요구했고 패스가 없으면 음식점이나 카페, 미술관, 관광지 등 사람이 많이 모이는 대부분 장소에 들어갈 수 없었다.

우리는 볼로냐 시내에 숙소를 잡고 시내 곳곳을 돌아다녔다. 볼로냐는 큰 도시지만 시내 중심부는 크지 않아서 여기저기 걸어 다닐 만했다. 볼로냐

Trattoria Osteria
Buca
Manzoni

에 높은 첨탑 두 개가 있는데, 그곳의 전망대에 올라가면 시내를 조망할 수 있다. 원래는 첨탑들이 많았는데, 오래되어 점차 사라지고 지금은 몇 개만 남아 있다. 그마저도 붕괴 위험이 있어 보수공사를 하는 상태였다.

관람이 가능한 첨탑은 좁고 긴 계단을 따라 계속 위로 올라가야 한다. 시간대별로 들어갈 수 있어서 일단 줄을 섰다. 공간이 좁아서 여러 사람이 한 번에 오르고 내릴 수 없다고 한다. 관광을 마친 팀이 내려와야 또 다른 한 팀이 올라갈 수 있는데, 다행히 중간에 계단참이 있어서 서로 엇갈려 가며 오르내릴 수 있었다.

계단을 힘들게 오르면 땀을 식혀줄 바람과 멋진 조망이 있는 옥외 전망대가 나온다. 전망대를 보고 나서 탑지기가 신호를 보내면 우리 팀이 내려갈 차례다. 계단을 한 차례 내려가면 다시 좁아지는 곳이 나오는데, 이때 올라오는 팀이 다 올라올 때까지 중간에서 기다려야 한다.

아래 팀이 힘들게 올라오고 있는데 우리 팀에 있던 장난기 다분한 한 남자가 그들을 향해 소리쳤다. "이제부터 600계단만 더 올라가면 돼. 힘내!"

그 말에 올라오던 사람들의 눈이 휘둥그레진다. 우리는 일제히 웃었다. 사실 그곳에서 조금만 더 올라가면 전망대다. 다만 계단 어디에도 얼마나 남았는지 표지가 없어서 그렇게 말을 해도 믿어버리게 된다. 이곳에서만 쓸 수 있는 유머다.

전망대에서 내려와 시내에 있는 시장에 갔다. 좁은 골목길에 작은 상점들이 즐비해 있다. 가게마다 판매하는 품목도 다양한데 채소와 과일, 각종 치즈, 프로슈트와 생고기, 생선과 해물, 생 파스타를 파는 가게들이 모여 있다. 그중에는 앉아서 먹을 수 있도록 테이블이 있는 식당들도 있다.

이탈리아에 오면 무조건 먹을 것에 반하게 된다. 맛있는 게 무엇인지 아는 사람들. 중유럽은 먹는 즐거움이 없어서 이곳에만 오면 우리의 즐거움은 배가 된다. 우린 매일 다른 가게에 들러 그 집에서 유명한 것들을 골고루 사와서 숙소에서 요리해 먹었다. 오븐에 구운 닭과 채소류가 특히 맛있는데, 신선한 채소들을 올리브오일과 허브만 뿌려 구운 채소 요리들은 언제 먹어도

늘 맛있다. 특히 다른 곳에서는 쉽게 볼 수 없는, 볼로냐에서 유명한 토르텔리니(손톱만 한 만두처럼 생긴 생 파스타)를 만들어 파는 가게들이 많았다. 볼로네즈 파스타의 본고장인 이곳에서는 라구 소스에 버무린 넓은 면 파스타와 토르텔리니를 즐겨 먹는다.

미식의 향연을 벌이던 어느 날, 해산물로 요리를 만들어 파는 가게에서 무게별로 해산물을 사 왔다. 새우와 오징어를 넣은 리소토 쌀로 만든 파에야 비슷한 요리도 있었고 주꾸미를 매콤하게 양념해 올리브오일에 볶은 음식도 있었다. 해산물을 좋아하는 우린 신나게 골라 테이크아웃 용기에 담았다.

그곳은 우리 숙소에서 조금 떨어져 있던 곳이라 버스를 타야 했다. 시내 한가운데를 지나는 미니버스였다. 그런데 이 버스가 지나는 도로가 술집에서 길가에 내놓은 야외 테이블과 불과 10cm 거리 차이도 나지 않았다. 사람들은 그곳에서 술을 마시거나 아예 도로로 나와 이야기를 나누기도 했다. 버스는 버스대로 속도도 줄이지 않고 빵빵대며 자기 갈 길을 열심히 달렸다.

사람들은 별로 개의치 않고 종이 한 장 차이로 이리저리 몸을 피했다. 어떤 이들은 의자를 치우면서 옆으로 비켜서기도 했다. 우린 차가 사람들을 치지는 않을까, 길가에 세워둔 테이블이나 오토바이와 부딪히지는 않을까 지나갈 때마다 숨을 꼴깍꼴깍 삼켰다. 단 몇 정거장 가는 길에도 위험천만한 상황들이 종종 연출되었다. 마치 시장 골목을 빠른 속도로 지나는 차에 카메라를 단 것처럼 우리의 눈과 몸은 이리저리 흔들렸다. 무사히 버스에 내린 다음에도 이 상황이 얼마나 어이없었는지 입에서 실소가 터져 나왔다.

이탈리아에 오면 무조건 먹을 것에 반하게 된다.
맛있는 게 무엇인지 아는 사람들이다.

나의 두 번째 만남, 은빛 피렌체

이탈리아, 피렌체

FIRENZE IN ITALY

○

피렌체를 처음 방문한 건 2014년 여름이었다. 피렌체는 소설《냉정과 열정 사이》의 배경으로 등장해 널리 알려진 도시이다. 한때 에쿠니 가오리의 열렬한 팬이기도 했던 나는 피렌체에 대한 열망이 더욱 컸다. 그때의 피렌체는 오로지 아름다운 두오모의 모습만으로 기억된다. 두오모 성당 지붕에 올라 바라본 피렌체의 모습은 어느 곳 하나 빠짐없이 빼곡히 아름다웠다. 지금도 제일 아름다운 성당을 꼽으라면 무조건 피렌체의 두오모를 떠올린다. 처음 여행에서 단 하나 아쉬웠던 건 우피치(Uffizi) 미술관을 들르지 못했던 것. 대기줄도 너무 길었고, 아이도 어려서 길게 시간을 낼 수가 없었다. 그래서 이번 피렌체행에서는 반드시 우피치 미술관에 가보자고 다짐했다.

볼로냐에서 고속 기차를 타면 1시간 만에 피렌체에 갈 수 있다. 저녁에 다시 돌아올 예정이어서 아침 일찍 기차역에 갔다. 기차를 타니 코로나 상황이라 모두에게 개인 위생 도구를 나눠주었다. 봉투 안에는 물 한 병과 일회용 마스크, 소독용 물티슈가 들어 있었다. 모두 마스크를 쓰고 있었고, 물 마실 때도 다른 이들의 눈치를 봐야 하는 조심스러운 여행이 시작되었다.

그렇게 한 시간을 달려 도착한 이른 아침의 피렌체는 조용하고 깨끗했다. 코로나 때문에 외국 관광객이 많지 않았고 대부분 유럽에서 온 개인 여행객이라 단체 관광객들로 시끌벅적했던 예전의 피렌체가 아니었다. 우린 베키오 다리 부근에서 사진도 찍고 천천히 걸어서 피렌체를 구경했다. 노란 아침 햇살을 받은 베키오 다리 위 건물들의 색은 더욱 진해졌고 크림색의 건물과 아치형의 다리는 그 아름다움을 뽐냈다. 내가 생각했던 대로 여전히 피렌체만의 색감을 뽐내고 있었다.

우리는 베키오 다리 옆의 오래된 카페에 들어가 커피와 차를 마시면서 잠시 숨을 고른 후 미술관으로 향했다. 커피는 다시 생각나지 않을 만큼 평범한 맛이었는데도 피렌체라 그런지 볼로냐 커피값의 두 배다.

우피치 미술관은 늘 가보고 싶었던 미술관 중 하나였는데, 사람들이 다른 때보다 현저히 적으니 이번이 갈 수 있는 절호의 기회이기도 했다. 하지만 관광객들이 적다고 해도 우피치는 역시 우피치였다. 방역을 위해 한 명씩 그린 패스를 보여주고 체온을 잰 다음, 표를 구매하는 줄을 다시 서야 했다. 표를 미리 온라인으로 예매해서 금세 끝날 줄 알았는데, 예매 사이트에서 날짜 확인을 안 하고 산 탓에 어제 아침 표로 예매가 된 상황이었다. 사이트에서 환불받을 수 있을지도 모른다는 무책임한 답변만 듣고는(역시나 받지 못했다) 다시 눈물을 머금고 새 표를 끊었다.

미술관은 모든 동선을 통제해서 모든 사람이 같은 곳으로 올라간 다음 정해진 곳부터 관람을 시작하는 구조였다. 입장 후 좁은 계단을 계속 올라가

야 하는데, 앞사람을 따라가다 보니 앞사람의 등만 보면서 올라가는 이상한 구조가 되어 버렸다. 관람자를 전혀 고려하지 않은 이렇게 폐쇄적인 동선이라니, 들어가는 입구부터 실망 한가득이다.

그렇게 시작된 미술관 투어였지만, 2층에 들어섰을 때 실망스러움을 모두 잊게 해 주는 장면이 나를 기다리고 있었다. 창밖으로 파란 하늘 속에 빛나는 두오모가 그림처럼 눈앞에 나타난 것. 방에 있는 그림들과 조각들도 하나같이 멋스럽고 아름다웠지만, 이쪽에서 저쪽으로 이동할 때마다 창밖으로 보이는 두오모와 베키오 다리 풍경을 보는 것은 정말 만족스러운 경험이었다. 처음에 미술관에 들어갈 때는 워낙 그림이 많으니 중요한 작품 위주로 보고 나오기로 약속했는데, 우리는 어느새 모든 방의 그림들을 하나하나 다 훑고 있었다. 결국엔 모든 방을 하나도 놓치지 않고 다 보았고, 아주 만족스럽게 미술관 투어를 마쳤다.

옛 기억을 더듬어 베키오 다리를 지나 예전에 들렀던 특이한 종이 가게에 다시 찾아갔다. 이탈리아가 장인들이 많은 도시이긴 하지만, 여전히 그 자리에서 똑같은 제품을 만들어 팔고 있어 약간 놀랐다. 이곳에서는 종이를 만들고 그 종이 위에 염색이나 조각을 한 제품들을 판매한다. 가게에서 나와 피티 팰리스 앞쪽의 너른 언덕에 앉아 잠시 풍경을 즐기다가 두오모가 한눈에 내려다보이는 정원으로 여유롭게 산책을 다녀왔다.

오후가 되니 예상치 못하게 기온이 훅 떨어졌고, 우리가 두오모 앞에 도착했을 때는 모두 상당히 지쳐 있었다. 게다가 아이의 감기가 심해져 더이상 걷는 것도 힘든 상황이었다. 우리는 언젠가 다시 찾아올 피렌체 방문 때 두오모를 다시 찾기로 했다. 여행은 타이밍이라 모든 것을 한 번에 만족할 수는 없다는 걸 이미 잘 알고 있으므로.

LORENCE
TOUR BY RICKSHAW

Part. 2

유럽의 골목 안,
잠시 쉬어갈 곳으로

Uncommon days in Europe

지친 마음과 다리를 쉬게 해준 보물 같은 카페와 레스토랑

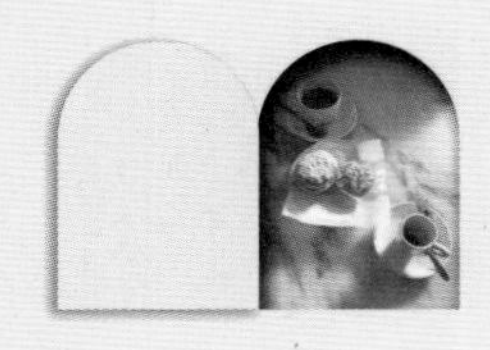

여행에서의 먹을거리에 대한 기억은 그날의 기분과 몸 상태에 따라 좌우되는 경우가 많다. 특별한 맛이 없었는데도 맛있게 느껴진다면 보고 느꼈던 그곳이 좋아서일 수도 있고, 맛으로 소문난 곳인데도 맛이 없었다면 그날의 여행 기억이 좋지 않아서일 수도 있다.
여행은 늘 변수로 시작해서 변수로 끝이 난다. 모든 여행이 다 좋은 기억일 수는 없으며, 또 모든 장소가 다 좋거나 다 싫을 수 없다. 그래도 여행을 좋은 기억으로 남길 수 있는 건, 무리하지 않는 여행 일정과 여행 메이트로서 서로에 대한 배려심, 그리고 그곳을 따뜻하게 바라보는 여행자의 시선일 것이다.

이곳들은 여행하면서 잠시 들렀던 곳이지만, 최소한 나의 기억 속에 따뜻하게 남아 있는 곳들이다. 우리의 지친 마음과 다리를 잠시 쉬게 해준 의외의 보물 같은 카페와 레스토랑에 관한 이야기이다.

OSTERIA delle MOLINE

시골 기차역 안
아늑한 카페

독일, 슈룩흐제
SCHLUCHSEE IN GERMANY

○

스위스 여행을 위해 독일 마을에 머물렀던 10월, 알프스 자락의 위용을 자랑하듯 한껏 쌓인 눈에 우리 가족은 모두 흥분을 감추지 못했다. 우린 쌓인 눈이 사라지기 전에 눈 구경을 하고 싶어 근처로 무작정 차를 몰았다.

우리가 도착한 곳은 숙소 근처의 강가 옆에 있는 슈룩흐제라는 기차역이었다. 아주 즉흥적으로 결정한 장소라 어떤 곳일지 굳이 상상하지 않아도 되었다. 그저 그득히 쌓인 눈 풍경을 눈에 가득 담고 싶었을 뿐. 눈이 그칠 듯 말 듯 공기는 싸한데, 기차역은 하얀 눈에 반사되어서 그런지 더욱 선명하고 아름다웠다. 강가 건너편에 있는 마을에는 눈이 소복이 쌓인 지붕들이 옹기종기 모여 있고, 강가에 있는 마른 가지들은 눈이 쌓여 눈꽃이 피어난 듯 조용하고 평화로웠다.

정신없이 카메라 셔터를 눌러 대다가 정신을 차려 보니 날이 꽤 춥다. 몸도 녹일 겸 맛있는 디저트와 커피도 마실 겸 눈에 보이는 기차역 카페로 들어갔다. 이렇게 조용한 시골 마을에 딱 어울리는 소박한 인테리어가 눈에 띈다. 기차역 간이매점 같은 역할을 하는 곳인데, 카페 음료와 디저트류, 간단한 음식도 판매하는 곳이다. 추워서 지친 몸에 열량을 채워줄 큼직한 케이크

Die
Seestation
Cafe-Vesperstube-Kiosk
Rothaus

932 m

들이 트레이 위에 올려져 있었다. 크림과 코코아가 층층이 들어있는 초콜릿 케이크 한 조각과 커피 두 잔을 주문했다.

커피가 나오길 기다리며 카페를 두리번거렸다. 추운 날씨에 기차역을 찾는 이는 거의 없었고, 카페 안의 손님은 우리뿐이었다. 화사한 오렌지색의 벽에는 카페 주인 또는 가족이 그린 듯한 아마추어 그림들을 걸어 놓고 전시 겸 판매를 하고 있었다. 독일은 어느 곳에 가도 대부분 깔끔하게 정돈된 느낌이다. 독일어만 할 줄 아는 카페 주인은 홈메이드 케이크라며 먹어보라고 권했다.

간이매점에서 커피 맛을 평가하는 건 예의가 아니다. 이렇게 추운 날 따뜻하고 신선한 커피 맛을 볼 수 있다는 것에 그저 고마워하는 게 여행자로서의 예의라고 생각한다. 다행히 커피 맛은 꽤 괜찮았고, 홈메이드라고 자랑한 큼직한 초콜릿케이크는 기대 이상으로 훌륭했다.

Schluchsee

이탈리아 로마의 조식 카페

이탈리아, 로마

ROME IN ITALY

○

로마는 솔직히 어느 카페나 다 싸고 맛있다. 대화를 나누기 위해 카페를 찾는 우리와는 다르게, 말 그대로 카페인 섭취를 위해 카페를 찾는 이가 대부분이다.

일반적인 동네 카페는 기본 에스프레소 1잔이 1유로를 벗어나지 않는다. 단, 진한 에스프레소를 즐기기 때문에 기본 커피 양도 적다. 진한 에스프레소에 설탕 한 포를 넣어 설탕이 채 녹기도 전에 원샷. 카페인을 단숨에 흡입하는 그들의 커피 습관은 처음에는 의아했으나, 그렇게 먹어보니 의외로 뒷맛이 깔끔했다. 여기에 진하고 쓴맛의 에스프레소와 어울리는 다양한 종류의 디저트를 함께 파는 친절함도 잊지 않는다.

이곳은 우리가 로마 여행 중에 호텔에서 짐을 빼서 다른 곳으로 옮기는 날 아침에 들렀던 카페다. 이 곳을 한마디로 정의하자면, 바쁘게 일하러 가는 사람들이 아침에 들러서 커피를 마시는 조식 카페 같은 곳이다. 동네 카페들이 그렇듯 사람이 많은 곳을 가야 실패 확률이 낮다. 테이크아웃을 하는 손님들과 그 사이에 자리 잡고 앉아 카페인을 섭취하거나 간단한 아침 세

트를 먹는 사람들이 끊임없이 들고 난다.

이탈리아를 다니면서 감동적이었던 것이 카페에서 골라서 먹을 수 있는 다양한 디저트들이었다. 쿠키를 주로 무게로 판매하는데, 보통 수십 가지 종류의 쿠키와 한입 크기의 케이크를 쌓아두고 판다. 장점은 내가 원하는 대로

골라서 다양하게 먹을 수 있다는 것이다. 심지어 가격도 놀랄 만큼 저렴하다. 이곳에도 다양한 디저트들이 있었는데, 보통 쿠키 한 개에 30센트 정도였고 맛도 색깔도 모양도 다양해 그야말로 골라 먹는 재미가 있다.

이 카페는 아침 메뉴를 파는 곳답게 공간이 좁았다. 바쁜 아침에 트렁크 끌고 아이랑 앉아 있기가 약간 부담스러울 것 같아 망설였는데, 빠르게 커피만 마시고 가는 사람들이 많아서 다행히 눈치 볼 일은 없었다. 커피는 회전율이 높아 그런지 신선함이 가득했다. 아이는 여러 개의 디저트에 맘을 빼앗겨서 이것저것 맛보느라 정신이 없다.

이탈리아 사람들의 아침 습관이나 그들의 커피 취향을 앉아서 소소하게 관찰하는 재미도 있었다. 흡사 관찰자의 시선으로 남을 염탐하는 외부인이 된 기분이랄까. 모두 바쁘게 움직이는 아침 시간에 나만 느긋한 여행객인 것이 약간 민망하기도 하면서 은근히 기분 좋은, 그런 느낌을 가져보는 시간이었다.

모든 것이 완벽했던 포르투의 가장 오래된 카페

포르투갈, 포르투
PORTO IN PORTUGAL

○

여행을 다니면서 유명한 코스와 맛에 연연하다가 놓쳐버린 수많은 기회에 대해 생각해 본 적이 있다. 유명한 맛집에 대해 신뢰가 별로 없는 우리는 어딜 가든 사람 북적이고 유명하다는 곳은 잘 가지 않는 편이다. 물론 그런 가게를 평가할 때는 대부분 '기본 이상은 하니까'라는 생각이 지배적이라 나도 모르게 그 줄에 몸을 맡기는 경우도 있다. 다만 우리는 기본보다 현지인들에게 인기 많은, 현지 음식에 가까운 맛을 찾아가는 쪽이라고나 할까.

이 카페는 우리의 원칙과는 조금 다른 목적을 가지고 방문한 곳이다. 1899년에 오픈한, 포르투에서 가장 오래된 카페이다. 포르투에 있는 수많은 카페 중에서도 커피 맛이 좋기로 유명했던 곳이라 그 맛이 무척 궁금했다. 포르투에서 처음으로 에스프레소 커피 기계를 들여놓은 곳이라는데, 이런 역사를 간직하고 있는 곳의 커피 맛은 어떨지, 사뭇 기대가 컸다.

워낙 인기 있는 곳이라 진하고 향 깊은, 진짜 맛있는 커피를 마시고 싶었던 우린 주저 없이 카페의 문을 열었다. 직원들은 화사하고 기분 좋게 웃으면서 손님들을 맞이하고 있었다. 새 단장을 했는지 실내 인테리어는 아주 모던하고 세련된 분위기다. 상큼한 민트색 에스프레소 기계와 민트색 유니폼을

Progresso

맞춰 입은 직원들의 활발한 움직임이 오래된 가게의 느낌을 싹 가시게 해주었다. 거의 부식된 로스팅 기계와 1층 계산대의 낡은 우드 패널만이 오래된 곳임을 증명해 주고 있었다. 2층은 와인바 겸 레스토랑으로 1층과는 조금 다른 분위기였는데, 밤이 되면 또 달라질 풍경이 기대되었다.

카페의 메뉴는 너무 많아 고르기 힘들 정도. 기본 커피 종류에 음료와 브런치 베이커리 메뉴들까지 다양했다. 우리는 기본 커피와 카페라테, 포르투갈 카페에서 흔히 맛볼 수 있는 에그타르트와 머핀을 주문했다. 빵을 한입 베어 물었을 때의 첫맛을 우리는 아직도 잊지 못한다. 집에서 빵을 갓 구웠을 때의 신선한 향이 느껴졌다. 커피는 예상대로 고소하면서 향긋한 맛이 아주 일품이었다. 카페라테는 고소한 에스프레소와 부드러운 우유 맛의 조화가 특히나 좋았다.

OPEN

포르투의
시장통 레스토랑

포르투갈, 포르투
PORTO IN PORTUGAL

○

포르투갈의 해산물 요리는 정말 무얼 먹어도 눈물 날 만큼 맛있다. 해산물을 좋아하는 나로선 바다 없는 지역에 산다는 건 끔찍하리만큼 힘든 일이다. 그래서 바닷가 가까운 곳으로의 여행은 늘 해산물 생각에 배시시 웃음부터 나오게 한다. 포르투갈에 올 때도 역시나 기대가 컸다. 매일 맛있는 해산물을 먹을 수 있으니까.

포르투 여행 중 점심시간이 되어 먹을 곳을 찾다가 시장을 발견했다. 작고 오래된 전통 시장이었는데, 그곳에서 풍겨나오는 맛있는 냄새를 그냥 지나칠 수 없었다. 일단 다른 사람들이 먹는 것들을 곁눈질로 확인한 후 맘에 드는 어느 가게의 야외 테이블에 자리를 잡았다. 시장 안에 있는 식당이라 가게 안에서 요리를 하고, 그 앞으로 서너 테이블이 나와 있는 게 전부였다.

포르투는 관광객이 많은 도시라 그런지 메뉴판에 음식 사진들이 있어서 메뉴를 고르기가 아주 쉬웠다. 문어 샐러드와 고등어구이, 생선튀김과 크로켓, 그리고 탄산수를 주문했다. 포르투갈 음식은 양도 푸짐하고 값도 싸다.

Café Café

문어 샐러드는 두말할 필요 없이 엄지척. 고등어구이는 비린 맛이 전혀 없이 신선한 데다가 살이 쫄깃하다. 사이드로 삶은 감자와 샐러드가 나오는데 고등어구이와 은근히 잘 어울리는 조합이다. 아이를 위해 주문한 생선튀김은 흰살생선이었는데, 실한 튀김 옷에 밥과 감자튀김이 사이드로 나와 생선을 별로 좋아하지 않는 아이에게도 딱 맞는 메뉴다. 크로켓은 해산물과 채소, 밀가루를 버무려 튀겼으니 역시나 두말하면 입 아픈 맛.

입으로는 정신없이 먹으면서도 눈으로는 옆 테이블 사람들의 분위기를 살폈다. 시끄럽고 지저분한 시장 분위기가 아닌 것도 마음에 들었고, 유명한 관광지의 시내 레스토랑과는 또 다른 분위기라 그것도 좋았다.

정신없이 먹고 일어서서 계산대로 갔더니 요리하는 아줌마가 보인다. 시크한 표정으로 말없이 요리하는 아줌마 뒤로 후광이 번쩍. 글을 쓰면서도 그 맛이 생각나 입안에 침이 가득 고인다.

양도 푸짐하고 값도 싼 포르투갈의 해산물 요리는
정말 무얼 먹어도 눈물 날 만큼 맛있다.

책 속에 파묻혀 마시던
체스판 위의 커피

폴란드, 브로츠와프
WROCLAW IN POLAND

○

여행에 대해 어떤 기대를 하고 가면 의외로 실망하는 경우가 많다. 우리의 여행에서 가장 중요한 포인트는 '기대 없음'이다. 브로츠와프에 가면서도 우린 그리 큰 기대가 없었다. 체코와 인접한 국가이고 폴란드에 대한 이미지가 그리 강하지 않았기 때문에 기대감도 덜 할 수밖에 없었을 것이다.

브로츠와프에 도착한 다음 날. 도시를 둘러볼 기회와 시간, 열정이 가장 많은 여행 둘째 날에는 많이 걸으면서 그 도시를 살펴본다. 날씨는 아주 화창했지만 생각보다 무척 더웠다. 걷다가 시원한 음료가 절실해지는 순간, 우리 앞에 나타난 서점이 있었다. 서점은 우리가 여행 중에 빼놓지 않고 들르는 방앗간 같은 곳인데, 그 서점에서는 심지어 지금 우리에게 절실한 카페인 가득한 커피와 음료까지 판매하고 있었다. 세상에나 이렇게 반가울 수가. 우린 뒤도 돌아보지 않고 북카페로 들어갔다.

이곳은 서점과 카페가 분리되어 있지 않았다. 책을 보면서 음료를 마실 수 있고 음료를 마시면서 책을 볼 수 있다. 이렇게 자유분방하고 감성적인 카페라니, 정말 마음에 쏙 들었다.

Polish
Record
Cover
Polska
Okładka
Płytowa
CONJUNTO LATINOS
MUSIC
POLAND

POLAND
WARSZTATY
FILOZOFICZNE
DLA DZIECI
cappuccino
latte
mokka
herbata
napój
sok
kola
woda
MLEKO

체스판을 커피 테이블로 만들어 놓은 자리가 있어서 일단 자리를 잡았다. 음료를 주문하고 앉으니 그제야 다양한 책들이 눈에 들어온다. 뒤쪽에는 어린이책과 디자인 책, 소설책 등이 구분되어 있었다. 폴란드는 폴란드어를 쓰기 때문에 대부분의 책은 읽을 수 없는데, 이곳은 영어책이 꽤 많은 편이어서 우리 눈에도 익숙한 글자의 책들이 눈에 띄었다. 여행지에서 책 한두 권 사 오는 건 꽤 낭만적인 일이라 열심히 마음에 드는 책을 찾았지만, 아쉽게도 딱히 들고 올 만한 책은 없었다. 영어책 종류가 다양하지 않기도 했지만, 실은 책방을 구경하느라 책은 뒷전이었던 탓이 컸다.

책방에 들어서니 길가 쪽의 통창이 보였다. 그곳에 긴 의자를 두고 앞쪽에 작은 테이블 두세 개 정도를 두어 책을 보면서 음료를 마실 수 있도록 배려했다. 그리고 바로 앞쪽에 책 진열대를 두어 차를 마시면서 눈으로도 책을 살펴볼 수 있는 구조였다. 그 진열대 안쪽으로, 그러니까 책방의 맨 왼쪽 끝자리로는 주욱 이어서 책장이 있고 그 앞으로는 빈티지로 보이는 LP와 빈티지 책들이 자리하고 있었다. 우리는 어린이책이 진열된 공간 옆에 있는 체스판 테이블과 의자에 앉았다.

책방 문 오른쪽에는 바가 있어서 그곳에서 음료를 주문하면 만들어 내준다. 우리가 주문한 음료수와 커피가 체스판 위에 놓였다. 마치 원래부터 체스판에는 커피가 올라와야 하는 것처럼 자연스러웠다.

시원한 음료와 진한 커피를 마시면서 한숨 돌리고 난 다음, 또 다른 볼거리들을 기웃거렸다. 계산대 앞쪽에는 폴란드 작가가 만든 디자이너 엽서와 포스터들을 빼곡히 붙여 놓았다. 맘에 드는 것을 살까 말까 집었다가 놓았다. 한참을 그렇게 서점 구경에 사람들 구경, 책 구경을 하면서 마냥 신난 어린아이처럼 이곳저곳을 돌아다녔다. 땀이 식고 이제 다시 걸을 만한 마음이 들었을 때 아쉬움을 뒤로 하고 책방을 나섰다. 그냥 구경만으로도 멋진, 그런 동네 책방의 공기가 그립다.

책을 보면서 음료를 마실 수 있고 음료를 마시면서 책을 볼 수 있다.
이렇게 자유분방하고 감성적인 카페라니, 정말 마음에 쏙 들었다.

영국 냄새가 났던
홈메이드 스콘과 홍차

영국, 쇼어햄바이씨

SHOREHAM-BY-SEA IN ENGLAND

지도상에 영국 런던에서 프랑스 쪽으로 선을 그어 쭉 이어보면 바닷가 쪽에 쇼어햄바이씨라는 작은 마을이 있다. 우리도 이곳을 알고 일부러 찾아갔던 건 아니다. 그저 호기심으로, 우리가 머물던 도시에서 근처에 갈 만한 곳을 찾아보다가 버스를 타면 갈 수 있는 가까운 마을을 찾아갔을 뿐이다. 바닷가 마을은 늘 날씨의 영향을 많이 받는다. 우리가 이곳에 갔을 때는 핼러윈 시즌이 한창인 10월 마지막 주였다. 바람이 싸늘하긴 했지만, 밖을 돌아다니기에는 괜찮은 날씨였다.

우리가 탄 버스는 아무리 봐도 정류장이 아닌 것 같은, 동네 어귀 한가운데에 정차했다. 시골 버스 정류장은 이런 것인가 생각하며 우리도 얼떨결에 다른 사람들을 따라 내렸다. 찬 바닷가 공기가 싸늘하게 불어왔다. 근처를 둘러보니 우리가 예상하던 대로 도심의 느낌과는 다른, 세월의 무게가 쌓인 다양한 로컬 숍들이 눈에 들어왔다.

지역 활성화 모임과 카페를 겸한 커뮤니케이션 센터, 일러스트가 그려진 가방이나 엽서, 옷, 소품 등을 파는 패션 소품 숍, 오래된 영국 소설책이 잔뜩

쌓인 헌책방과 레트로 소품들이 가득한 빈티지 숍 등을 기웃거리며 남의 동네를 몰래 들여다보는 재미를 만끽했다.

길을 걷다가 성당을 만났다. 지은 지 천 년을 훌쩍 넘은 것 같은, 전체가 돌로 이루어진 성당은 마치 1900년대 초 영국 귀족 가문에 관한 이야기를 그린 영국 드라마 '다운튼 애비(Dowonton Abbey)'에 나오는 성당과 흡사해 보였다. 우린 마치 드라마 속 세트장을 방문한 듯한 기분으로 성당을 돌아봤다.

바다가 이 마을을 둘러싸고 있지만 시내는 약간 안쪽에 자리 잡고 있었다. 메인 스트리트 양쪽으로 다른 길들이 뻗어있는 구조였다. 작지만 알차게 가게들이 들어서 있는 걸 보니 인구가 꽤 많은 듯했고, 사람들도 밝고 윤택해 보였다.

가게는 늦가을의 풍요로움을 만끽하는 듯 핼러윈 장식을 꾸며둔 곳이 많았다. 가게들을 구경하다가 점심시간이 가까워져 먹을 만한 식당을 찾았다. 건물 전면을 크림색으로 칠해놓은 레스토랑 안에 사람들이 꽉 차게 앉아 있었다. 어느 나라를 가더라도 사람 많은 식당은 맛있다는 진리는 변함이 없다. 우린 망설일 필요 없이 이곳으로 정했다. 이름은 'Teddy's'. 건물의 진열장에는 귀여운 케이크 장식들이 많았고 안쪽에 들어서니 달콤하고 시큼한 잼 냄새와 빵 굽는 냄새가 가득했다. 서빙하는 사람들은 분주히 접시를 날랐고, 우리는 조금 기다렸다가 안쪽에 자리를 잡았다.

일단 다른 사람들이 가장 많이 먹는 스콘과 홍차 세트를 주문하고 점심 메뉴로 오븐 감자에 샐러드, 시즌 메뉴인 호박 수프를 시켰다. 어린이 메뉴가 있어서 아이를 위한 너겟과 프렌치프라이도 주문했다. 우린 보통 점심을 그득하게 먹는 편이 아닌데, 이곳 분위기 때문인지 배가 아주 고파서 양껏 시켜보았다.

기다리면서 둘러보니 어린이를 데리고 온 가족이나 친구들끼리 온 젊은 사람들, 아줌마 아저씨까지 다양한 연령층이 섞여 즐겁게 대화를 나누며 식

사하고 있었다. 대부분 동네 사람인 듯 가게 주인과 담소를 나누기도 하고, 다른 테이블 사람들과 아는 체를 하기도 했다. 이방인을 신기하게 바라보거나 또는 아시안을 적대시하는(가끔 당한다) 시선 따위는 느껴지지 않아 마음 놓고 식사할 수 있었다. 바닷가 마을이라 관광객이 꽤 많이 드나들어 그런 것이 아닐까 생각했다.

스콘과 홍차 세트 메뉴는 스콘에 홈메이드 살구잼과 버터 한 조각 그리고 스콘과 짝꿍인 클로티드 크림이 같이 나온다. 얼그레이 티는 우러날 때까지 두었다가 함께 나온 크림을 넣어 진한 밀크티를 만들었다. 스콘은 방금 구워서 고소한 버터 풍미가 가득했는데, 여기에 잼과 클로티드 크림을 발라 먹으니 아, 여기가 천국인가, 싶은 기분이 드는 맛이다. 다양한 종류의 잼을 만들어 판매하는 곳이었는데, 잼과 클로티드 크림은 집에서 직접 만든 느낌이다. 그런데 먹다 보니 스콘의 양에 비해 잼과 버터, 크림의 양이 너무 많다. 이들은 스콘을 더 주문해서 먹는 걸까 아니면 생각보다 훨씬 더 많은 양을 넣어서 먹는 걸까, 궁금했다. 아낌없이 주는 크림과 잼. 티팟에도 홍차 가루가 넘치도록 많아서 다 먹고 따뜻한 물을 리필해서 마셨다.

우리가 주문한 다른 메뉴들도 다 맛있었지만, 그중에서도 내 마음속 일등은 호박 수프였다. 워낙 호박 수프를 좋아하지만, 이 수프는 추운 날씨에 속을 훅 데워주는 온갖 향신료의 향연이었다. 입안에 한 숟가락 넣었을 때 호박의 풍미에 시나몬과 큐민 등의 맛이 한꺼번에 들어오는데, 으슬으슬했던 몸이 사르르 녹는 느낌이었다. 거기에 함께 나온 통밀빵을 찍어 먹으니 배가 금세 부르다. 다 먹고 나서도 한참을 그 분위기에 취해 앉아 있었다. 그곳에서 빠져나오면 그 맛이 사라질 것 같은 느낌이 들까 봐 그랬던 것 같다.

다시 버스를 타기까지 시간이 조금 남아서 레스토랑에서 나와 바닷가 산책을 잠시 즐겼다. 살짝 빛이 사그라들기 시작하는 오후 시간, 바닷바람도 쐬고 산책하다 보니 돌아가기 싫다는 생각이 들 만큼 평화로웠다. 이렇게 완벽한 영국 마을의 하루라니, 생각만 해도 꿈꾸는 기분이다.

성당의 부속 건물에서 마시는 커피 맛

포르투갈, 코임브라
COIMBRA IN PORTUGAL

포르투갈 코임브라 구도심의 시내 한복판에는 랜드마크인 성당이 하나 있다. 12세기에 지어진, 포르투갈에서 가장 오래된 로만 성당이다. 그 성당의 오른쪽 부속 건물에는 카페 겸 레스토랑이 자리 잡고 있다. 우리의 상식으로는 성스러운 곳인 성당에서 상행위, 특히 먹는 것을 파는 카페가 가당키나 한 일인가 싶지만, 이곳 카페의 모습이 너무나 자연스러웠다.

우리도 성당 카페의 모습을 확인하기 위해 카페에 들어갔다. 바깥 테라스에도 야외 자리가 많았고 안쪽에도 자리가 있었는데, 성당 내부를 보고 싶어 우리는 안쪽에 자리를 잡았다. 이탈리아처럼 이곳에서도 에스프레소를 주로 마시고 달콤한 디저트도 늘 함께 먹는다. 포르투갈의 디저트는 맛이 좋고 양도 적은 편이라 우리도 부담 없이 에스프레소 한 잔과 룽고 한 잔, 맛있어 보이는 디저트 두 가지를 주문했다. 주문은 계산대에 가서 직접 하고 서빙은 웨이터가 따로 해준다.

커피와 디저트를 주문한 뒤 자리에 앉아 카페 내부를 구경했다. 상상할 수도 없는 12세기의 역사적인 건축물 안에서 커피를 마신다는 게 참으로 믿

CAFÉ RESTAURANTE

기질 않았다. 성당의 오래된 목재 구조와 거울, 스테인드글라스가 어우러진 인테리어가 눈길을 사로잡았다. 테이블은 육각형 대리석 상판을 올린 나무다. 의자는 모두 금속 징이 박혀 있는 묵직한 원목 의자다. 가장 눈에 띄는 건 한쪽 벽면에 붙어 있는 원목 가구 전체에 거울을 붙여 놓은 것이다. 어떤 인테리어 양식인지 도무지 모르겠지만 오래된 역사 현장 같으면서도 독특해 보였다. 그 거울로 된 문을 열면 바로 화장실이라는 것도 재미있었다. 천장은 성당 양식 그대로 사용하고 있었고 앞문 위쪽에는 화려한 스테인드글라스가 있어서 햇빛이 비칠 때마다 카페 안쪽을 화려하게 물들였다.

카페를 찾는 사람들 대부분은 나이가 지긋하고, 그들은 우리 같은 이방인들에게 별 관심이 없다. 그저 그들의 삶을 즐기고 있는 듯, 일행과 담소를 나누거나 혼자만의 커피타임을 갖는다. 그 와중에도 들고나는 손님이 많아서, 흰머리가 희끗희끗한 웨이터는 정신없이 분주하게 돌아다닌다. 계산도 이 웨이터를 통해서 해야하니 더 바쁘게 움직인다.

사람들 구경하랴 카페 인테리어 구경하랴 정신이 하나도 없는 와중에 커피가 나와서 어색하고 색다른 분위기를 즐기며 커피 맛을 음미했다. 그러던 중 갑자기 분위기가 달라졌다. 카페 안에서 무슨 행사가 있다고 했다. 그냥 앉아서 행사를 봐도 된다고 했으나 우린 영문도 모르고 앉아있기가 좀 멋쩍어서(포르투갈어를 알아들을 수도 없으니) 계산을 하고 자리를 떴다.

관광지 속 카페답지 않았던 의외의 미트파이 맛집

영국, 이스트서식스
East Sussex in England

○

보통 관광지에 있는 카페를 생각하면 관광객들로 북적이면서 쾌적함이라고는 찾아볼 수 없는 어두컴컴한 실내, 그저 그런 커피 맛, 어쩔 수 없이 내는 아까운 음식값이 떠오른다. 그런 곳을 너무 많이 봐왔고 어쩌면 그게 당연한 이치라고 생각하고 살아왔던 것 같다. 한 번 오고 말 관광지에서 치르는 자릿세라고 치부하면서.

이런 생각들을 안고 영국 남부 해안의 유명한 관광지 세븐시스터즈(Seven Sisters)에 도착했다. 바닷가를 거닐고 사진을 찍고 나서 멋진 절경을 구경하러 절벽을 오르기 전, 간단히 요기하려고 '그 카페'에 들렀다. 문을 열고 들어서는 순간 머릿속이 하얘졌다. 우리가 생각했던 그저 그런 관광지의 카페와는 달라도 너무 다른 풍경이 눈앞에 펼쳐졌기 때문이다.

실내는 화이트와 파스텔 블루 톤으로 화사하게 꾸며져 있었고, 창문 너머로 파도치는 너른 바닷가가 한눈에 들어왔다. 테이블 사이는 널찍해서 옆 테이블 사람과 어깨와 엉덩이 부딪힐 일도 없었고, 천장 높이는 끝없이 높아 카메라를 들이대도 바닥부터 천장 끝까지 한 앵글에 들어오지 않는다. 게다

가 그곳만의 아늑하고 특별한 분위기를 더해주었던, 몸속까지 녹여줄 것만 같은 풍부한 향의 수프와 코끝을 자극하는 빵과 스콘 굽는 냄새.

이곳은 베이커리 코너에서 빵과 케이크를 고른 다음, 계산대로 가서 그날의 메뉴와 음료를 주문하고 계산하는 시스템이다. 어떤 게 맛있을지 몰라서 한참을 고민하다가 가장 영국다운 메뉴인 스콘과 미트파이, 커피와 핫초코

를 주문했다. 커다란 조각의 빅토리아 케이크도 먹고 싶었는데 그건 달콤한 디저트에 가까우니 아쉽지만 포기하기로 했다.

주문을 끝내고 자리를 잡으러 창가 테이블로 향했다. 정오의 따스한 햇살이 창가로 들어와 테이블 너머 마룻바닥까지 내려앉았다. 창가에서 창밖을 바라보는데 어느 바닷가의 펜션에 와있는 기분이 들 만큼 특별하게 느껴졌다. 야외 자리도 넉넉히 있었는데 밖에서 먹기에는 바닷바람이 쌀쌀했다. 이 정도로도 충분히 바다를 즐기면서 먹을 수 있다는 것에 만족했다. 여행지에서는 작은 배려나 작은 기쁨으로도 만족도는 배가 된다. 벽면에는 세븐시스터즈의 역사에 대한 설명과 함께 그곳에서 찍은 사진들이 걸려 있었다.

음식을 먹으면서 사진을 한 장 한 장 바라보다가 바다로 눈을 돌리기도 한다. 점심시간이 다가오니 테이블이 꽉 찰 정도로 사람이 많아진다. 그래도 저마다 다른 이들을 배려하면서 조용히 자리를 잡고 앉아 음식을 먹고 있어서 그런지 분주함이나 번잡함이 크게 느껴지지 않았다. 어떤 이가 의자가 필

요한지 남는 의자를 눈으로 살피다가 우리에게 조용히 눈으로 말을 건넨다. 우리도 눈으로 괜찮다고 가져가라고 응수해 준다. 이곳을 찾는 사람들이 서로 같은 마음이라는 걸 느끼며 따뜻함을 나눈다.

우린 나온 음식을 먹자마자 서로 눈을 마주치며 바로 다시 계산대로 향했다. 여기서 그냥 멈출 수가 없는 맛이다. 갓 구운 스콘의 고소하고 풍부한 맛과 미트파이의 바삭함과 짭짤한 고기의 조합은 그야말로 최고였다. 가격도 저렴한 편이라 부담 없이 먹을 수 있었다. 다 먹은 다음 식기류를 반납하는 것도 자기 몫이라서, 자기가 사용한 테이블을 알아서 말끔히 치우고 나오면 그만이다. 화장실이 두 칸밖에 없어 오래 기다려야 했던 점은 조금 아쉬웠지만, 그 외에는 모든 것이 만족스러웠던 카페. 내 마음속에 꾸욱 저장해 두었다가 나중에 조금 더 나이 들어서 다시 한번 그곳에서의 추억을 되새기며 가보리라 마음먹었다.

오스트리아 크렘스의 시티 카페

오스트리아, 크렘스 안 데어 도나우
KREMS AN DER DONAU IN AUSTRIA

○

오스트리아의 크렘스라는 도시는 '숨겨진 보석' 같은 도시라 감히 칭할 만하다. 오스트리아 빈과 가까우면서도 크게 알려지지 않았는데, 우아한 멋이 흐르는 도시의 분위기와 조용한 시골 마을의 정취를 함께 가지고 있는 곳이다.

다뉴브강을 끼고 있는 이 도시는 다뉴브(독일어로는 도나우) 지역에서도 가장 아름다운 도시로 손꼽힌다. 빈에 갔다가 프라하로 돌아오는 길에 잠시 들른 곳이었지만, 너무나 좋았던 기억에 다시 또 찾게 되었다. 현란하고 유명한 관광지가 아닌, 옛 유럽 마을의 조용한 정취가 그대로 살아 있는 곳을 좋아하는 이라면 분명 크렘스와 사랑에 빠지게 될 것이다.

관광지와 거리가 먼 이곳에 가게 된 이유는 현지인의 정취와 세월의 무게가 고스란히 담긴 골목길을 구경하고 싶어서이다. 햇살이 머리 위에서 내려오는 정오쯤, 집 앞에 버티고 있는 키 큰 나무들 사이를 지나 하얀색과 베이지색 집 사이사이의 좁은 골목길을 굽이굽이 올라가면서 햇빛이 골목에 만들어 낸 그림자를 즐긴다.

Ulrich
DAS·STADTCAFE
LAVAZZA
Südtiroler
Platz
AUSTELLUNG
SONJA LÖWY
&
FREUNDE
6. Sept. - 17. Okt. 2018
DRUCK

파란 하늘과 대비되는 건물 벽면의 색들은 유난히 눈이 부시도록 아름답다. 담벼락이 겹겹이 쌓여 저 멀리 보이는 교회 탑까지 하나의 그림처럼 카메라 앵글 안에 들어올 때를 놓치지 않고 셔터를 누른다. 골목길의 가장 위쪽 끝에는 오래된 성당이 하나 있었다. 성당에 들어가 이 도시의 아름다움을 떠올리며, 성당의 아늑함과 경건함도 마음에 새긴다.

다시 계단을 따라 시내로 내려오면 활기찬 마을의 정취를 느낄 수 있다. 그냥 지방의 이름 모를 도시라고 넘겨버릴 수 없는 이유는 이곳 사람들의 취향이 고상하고 아름답기 때문이다. 이곳은 다뉴브강과 풍부한 햇볕으로 인해 오스트리아 와인 산지로도 유명하다. 그래서인지 오래된 와인 산지 사람들이 누려온 윤택함과 여유로움이 도시 전체에 퍼져 있다.

우린 온몸으로 느낀 마을의 풍경을 뒤로하고 카페에서 당과 카페인을 보충하기로 했다. 우리가 간 곳은 꽤 큰 규모의 베이커리 카페로 다양한 빵과

케이크 등을 직접 만들어 파는 곳이었다. 이곳에서는 꽤 유명한 곳인지 카페는 엄청 넓었고 사람도 많았다. 햇볕이 좋아 사람들은 대부분 야외 테라스에 자리를 잡고 앉아 있다. 내부 인테리어는 오래된 편안함이 주는 아늑한 분위기다. 내장은 나무색, 바닥에는 카펫이 깔려 있고, 와인색의 의자와 화이트 테이블이 놓여 있는 실용적인 공간이다.

우린 커피를, 아이는 아이스크림 한 스쿱(아이스크림 등을 덜 때 쓰는 작은 국자같이 생긴 숟가락)을 주문하고 이곳에서 가장 유명하다는 애플 스투르들(계란, 버터, 설탕과 시나몬 파우더를 주재료로 하여 사과를 넣어 구운 디저트)도 한 조각 주문했다. 난 오스트리아에 왔으니 생크림이 올라간 아인슈페너를 주문했다. 이곳의 커피 서빙 방식은 1인 1트레이다. 절대 타인과 메뉴를 공유하지 않는, 개인의 취향을 존중하는 유럽인들의 생활방식에서 기인한 것이리라. 서로의 메뉴를 맛보고 공감하는 우리 문화와는 많이 다르다.

남편 앞으로는 진한 커피 한 잔과 물이 놓였다. 케이크는 따로 냅킨과 포크와 함께 서빙되었다. 내가 주문한 아인슈페너에도 물 한 잔과 추가할 크림이 함께 놓였다. 아이가 주문한 아이스크림에는 막대 모양의 웨하스가 꽂혀 있고 물 한 잔이 함께 나온다. 개인의 취향이 존중받는 것 같아 기분 좋은 테이블이다. 게다가 예쁘고 맛있어서 눈으로 먹고 입으로 먹으니, 이보다 더 좋은 휴식은 없을 터였다.

이곳의 애플 스투르들은 이제껏 먹어본 것 중 단연 손꼽히는 맛이었다. 오스트리아 할머니가 만들어 준 것 같은 맛. 많이 달지 않고 사과의 씹히는 맛이 있으면서 그윽한 뒷맛까지 있는 그런 맛. 그 이후로 딱히 감동적인 맛의 애플 스투르들을 먹어본 적이 없다. "아, 애플 스투르들 먹으러 크렘스에 가야지!" 그 여행 이후로 우리끼리 농담처럼 하던 말이다.

폴란드 크라쿠프
아이스크림 가게

폴란드, 크라쿠프
KRAKOW IN POLAND

○

폴란드 크라쿠프의 숙소에서 아침을 먹고 일찍 시내 구경을 하러 나섰다. 구름 한 점 없는 파란 하늘이 유난히도 좋았던 8월의 날씨 덕에 우린 기분이 약간 들떠 있었다. 강을 건너는 다리에는 수많은 자물쇠가 걸려 있고, 다리 건너편의 대성당은 노트르담 성당과 비슷해서 마치 파리의 풍경 같았다. 파리와 다른 점이라면 그곳보다 덜 웅장하고 사람이 훨씬 적어서 쾌적하다는 것. 민트색의 철교는 파란 하늘과 조화를 이뤄 아기자기하게 예뻤다.

다리를 지나자마자 성당 앞에 알록달록한 깃발을 걸어둔 귀여운 가게가 눈에 띄었다. 자세히 보니 카페면서 아이스크림 전문점이다. 우린 일단 모닝 아이스크림을 하나씩 먹고 가기로 했다. 아이스크림을 하나씩 받아서 들고 뒤를 돌아보니, 가건물 같은 아이스크림 가게 옆으로 강과 다리를 보고 앉을 수 있는 그림 같은 뷰가 시야에 들어온다. 그곳 바닥에는 모래가 잔뜩 깔려 있었고, 의자와 테이블이 곳곳에 놓여 있었다.

예정에 없던 휴양지에 와 있는 느낌이랄까. 아침부터 아이스크림을 먹으러 오는 사람은 의외로 많았지만, 우리처럼 자리에 앉아서 먹는 사람은 드물

었다. 우린 그 그림 같은 장소를 독차지할 수 있는 행운을 얻게 된 것이다. 한쪽 나무 사이에는 해먹이 걸려 있었는데, 아이의 그 당시 꿈이 해먹에 누워 아무것도 하지 않고 쉬는 것이었다. 꿈이 게으름뱅이라니, 우린 어이없어 코

웃음을 쳤지만 아이는 바로 눈앞에서 그 꿈을 실현할 수 있게 된 것이다. 아이는 바로 해먹에 누워 아무것도 하지 않고 하늘만 바라봤다.

우린 각자 자리를 하나씩 차지하고 앉아 커피도 주문하고 본격적으로 하고 싶은 일을 했다. 그건 격하게 아무 일도 하지 않는 것. 그저 풍경만 보고 쉬는 것. 어디선가 날아온 참새들이 삼삼오오 모여서 모이를 찾고 있었다. 난 다 먹은 아이스크림 컵에 남아 있던 부스러기를 몇 개 던져주었는데 어떻게 알았는지 참새들이 모여들어 모래밭이 아수라장이 되었다. 해먹에 누워 있던 아이는 내려와 참새 떼에 과자 부스러기를 던져주면서 마치 참새를 조련하는 조련사처럼 재미있어한다. 이곳 참새들은 비둘기처럼 먹이에 단련이 되어 있는지 모이만 주면 사람도 따라올 기세였다. 머리도 갸웃거리고 먹이를 바라보면서 표정도 지어 보였다.

아이스크림과 커피를 마시면서 아침에 누리던 이 호사는 꽤 괜찮은 추억이 되었고, 지금도 8월의 상쾌한 아침 공기가 느껴질 때면 그때의 분위기가 떠오른다. 파란 하늘과 민트색 철교, 그리고 아이스크림의 시원한 달콤함이 함께한 그날.

작은 타파스 바에서 맛본 소박한 행복

스페인, 아빌라

AVILA IN SPAIN

○

스페인의 아빌라는 큰 성곽에 둘러싸여 있는 신비로운 중세도시다. 겉에서 보니 성곽의 위엄이 느껴졌고, 성안에 멋진 마을이 있을 거라 연상되었다. 성곽 안쪽으로 들어가 보니 오래된 스페인의 집들이 좁은 골목들 사이로 옹기종기 모여 있는, 전형적인 작은 마을의 모습이다. 아빌라는 완벽하게 보존된 중세 시대 성곽과 낮은 지붕의 집들을 조망하는 전망대가 워낙 멋있어서 그곳만 다녀도 시간이 금세 지난다.

아침에 도착해서 골목길까지 꼼꼼히 누비고 나니 오후 2시가 다 되어서 배가 고파왔다. 관광객들이 많이 찾는 식당은 시내의 넓은 광장 쪽에 꽤 있었지만, 우린 왠지 관광객처럼 끼니를 때우고 싶지 않았다. 최대한 현지 식당 같은 곳을 찾으면서 걷다가 한적한 좁은 골목길에서 맛있는 냄새가 풍겨 나오는 동네 식당을 만났다.

레스토랑 안쪽을 보니 손님이 음식을 다 먹고도 카페 주인과 계속 대화를 나누고 있었다. 바 테이블과 의자가 놓인 내부는 성인 두 명 정도가 간신히 지나갈 만큼 비좁았다. 점심시간은 지난 후라 손님은 우리뿐이었다.

다행인 건 입구 쪽에 메뉴 사진이 큼지막하게 붙어 있다는 점. 조금 곤란했던 건 이곳의 음식 시스템인데, 스페인의 이런 바 스타일의 음식점은 대부분 애피타이저 같은 작은 접시들을 여러 개 주문하여 먹는 타파스 바다. 이런 곳은 아는 사람들만 오는 곳이라서 아무도 음식에 관해 설명해주지 않는다. 물론 물어보면 답해 주겠지만 스페인 동네 음식점에서 영어가 통할 리 만무하고, 우린 그날의 타파스 요리를 넣어둔 유리 박스를 보면서 감으로 몇 개의 음식을 주문했다.

스페인 사람들은 보통 이런 타파스 요리에 샴페인이나 화이트 와인을 곁들여 먹는데, 먹는 게 주요 목적이 아니라 먹으면서 함께 이야기를 나누는 것에 상당한 비중을 둔다. 그야말로 배를 채우는 것보다 이야기를 하면서 음식을 먹는 그 시간을 즐기는 것이다. 어딜 가든 음식의 양은 적지만 맛은 아주 훌륭하다.

타파스 바에 파는 요리들은 그날그날 조금씩 다른데 보통 향신료에 재워 볶은 고기, 채소와 함께 볶은 해산물 요리, 오븐에 오래 익힌 가지와 토마토류의 채소 요리들이다. 우리는 고기류와 채소절임, 빵을 주문하고 와인 대신 탄산수를 함께 주문했다. 낮부터 와인을 즐기는 이들이 왜 시에스타를 하는지, 이렇게 먹고 마시고 나면 그 기분이 이해된다.

배가 고팠던 우리는 접시가 하나씩 비워질 때마다 쾌재를 불러가며 싹싹 맛있게 먹었다. 그곳은 바에서 일하는 아저씨와 주방에서 일하는 아저씨, 그렇게 두 명이 운영하는 동네의 작은 타파스 바였다. 음식들이 모두 맛있어서 어떻게 만드는지 물어볼까 잠깐 생각했지만, 말도 통하지 않을 것 같았고 무엇보다 알려준들 그렇게 만들어 낼 재간도 없다. 그냥 맛있게 먹은 걸로 감사하면서 오후의 햇빛이 넉넉히 스며든 골목길을 빠져나왔다.

스페인 사람들은 먹는 것보다 먹으면서 이야기를 나누는 것에 비중을 둔다.
이야기하면서 음식을 먹는 그 시간을 즐기는 것이다.

지금까지 먹은 젤라토는 가짜!
진정한 젤라토의 맛

이탈리아, 볼로냐
BOLOGNA IN ITALY

이탈리아 하면 젤라토를 빼놓을 수 없다. 유럽의 여러 도시에서 젤라토를 먹었지만, 이탈리아에서 먹는 젤라토가 가장 맛있게 느껴지는 건 이탈리아의 분위기 탓일까. 여름에 먹는 젤라토는 당연히 맛있지만, 약간 쌀쌀한 날에 먹은 젤라토 맛도 잊을 수 없다. 10월 말의 이탈리아는 기온은 10도 안팎인데도 습하고 꽤 쌀쌀했다. 특히 그늘에 서 있으면 10월이라는 게 실감이 나지 않을 정도로 몸이 으슬으슬하게 춥다. 그 와중에 아이는 코감기에 걸려 콧물을 쉴 새 없이 닦아내야 했다. 이런 악재(?) 속에서도 우린 젤라토를 포기할 수 없었다.

우리의 숙소는 볼로냐 시내 한복판이었다. 정갈하게 지어진 이탈리아 정통 아파트 숙소였는데, 골목이 아름답고 예뻐서 아침에 나올 때마다 늘 기분이 좋았다. 집에서 나와 차가 다니는 큰길로 들어서서 몇 미터만 걸어가면 바로 건너편에 젤라토를 파는 카페가 있다. 남편의 볼로냐 토박이 친구가 소개해 준, 동네 사람들만 아는 진정한 맛집이다. 우린 꼭 가보겠다고 마음먹었지만, 매번 아침 일찍 숙소를 나서는 바람에 가게 문 여는 걸 보지 못했다.

그러다가 떠나기 전날 꼭 젤라토를 맛보겠다고 다짐하고 카페 문 여는 시간에 맞추어 조금 천천히 숙소를 나섰다. 그리고 드디어 젤라토를 맛볼 기회를 얻게 되었다.

가게 안은 밖에서 보기보다 넓었고, 내부는 아이가 좋아하는 연한 보랏빛 톤이었다. 젤라토 종류가 너무 많아 고르기가 좀 힘들었지만, 어렵게 두 가지 맛의 젤라토와 커피를 주문했다. 우리가 주문하고 자리에 앉으니 그때부터 사람들이 하나둘씩 들어오기 시작했다. 아침부터 젤라토를 먹는 사람들이라니, 역시 이탈리아임을 다시 한번 실감했다.

우리에게 서빙되어 나온 젤라토는 진정한 수제 젤라토의 비주얼을 갖추고 있었다. 하나는 솔티드 캐러멜이고 하나는 민트 초콜릿인데 두 개가 교묘하게 섞여 나왔다. 맛이 섞이지 않도록 하나의 컵에 담아내는 건 이 집의 노하우인 듯했다.

아이스크림이 스쿱 안으로 쏙 들어가는 형태인데, 이 집의 아이스크림 스쿱은 패인 곳 없이 일자로 된 스패출러 스타일이었다. 그걸로 쓱쓱 퍼서 담아내니 교묘하게 두 가지가 섞인 듯 안 섞인 듯한 비주얼이 되었다. 아주 딱딱하지 않고 약간 무르게 냉동된 젤라토의 질감이라 그런 주걱으로 퍼 올리는 게 가능한 것 같다.

일단 한 입 먹어봤다. 우유와 크림이 베이스라서 뒷맛이 느끼할 줄 알았는데 전혀 느끼하지 않고 깔끔함 그 자체다. 게다가 민트 초콜릿 젤라토는 후레쉬 민트잎을 넣었다고 쓰여 있었는데, 정말 고급스러운 민트 맛이 느껴졌다. 이걸 먹고 나면 '지금까지 먹은 민트 초콜릿은 다 가짜'라는 말이 저절로 나온다. 한 입 한 입 음미하며 먹으면서도 컵에서 줄어드는 젤라토가 아쉬울 정도였다. 날씨가 조금만 따뜻했다면 다른 맛을 사서 그대로 들고 나가 또 먹었을 것이다. "다시 와도 또 찾아올 거야!" 문을 열고 나오면서 우리가 내뱉은 말이다.

파리에서 안 먹으면 섭섭한 메뉴, 크레이프

프랑스, 파리
PARIS IN FRANCE

우리의 두 번째 파리 방문은 세 가족의 합체로 이루어졌다. 한 가족은 벨기에에, 또 다른 가족은 미국에 살고 있다. 다들 오래된 친구이고 기회가 있을 때마다 만나는 사이라 아이들끼리도 친하다. 아이들 봄 방학을 맞아 급작스럽게 날짜를 맞춰 프랑스 파리에서 모이게 되었다.

우리는 우선 크레이프 맛집을 찾아가기로 했다. 파리에서 즐겨 먹는 음식인데, 두 가족이 아직 먹어보지 못했기 때문이다. 처음 찾아간 크레이프 레스토랑은 널리 알려진 맛집 중 하나로, 짙은 파란색 외관이 눈에 띄었다.

바깥 테라스 자리는 이미 만석으로 꽉 차 있어서 실내로 들어갔다. 유럽 어디를 가든 그렇지만, 특히 파리 사람들은 테라스 자리를 무척 사랑한다. 밖에 앉기 힘든 날씨만 아니라면 무조건 야외 테라스에 자리를 잡는다. 그래서 테라스 있는 식당의 실내 자리는 비어 있는 경우가 많다. 여기도 예외가 아니라서 실내에는 우리밖에 없었다. 생각보다 안쪽 자리가 좁고 테이블은 많아서, 테이블 사이 간격은 좁은 편이다.

LA PETITE

크레이프는 종류가 아주 많아서 들어가는 재료와 토핑들을 마음대로 고를 수 있다. 어른들은 커피를 고르고, 아이들은 크레이프 메뉴와 아이스크림을 골라 주문했다. 우리가 주문한 크레이프는 넓고 얇게 부쳐서 착착 접은 반죽에 시나몬 슈가와 견과류, 아이스크림 한 스쿱을 얹은 것이다. 얇게 부친 크레이프 반죽은 쫄깃하니 맛있었고, 따뜻한 크레이프에 차가운 아이스크림을 얹으니 말이 필요 없는 맛이다.

이 집은 외부도 내부도 신경을 많이 쓴 티가 났다. 빨간 접시와 파란 줄무늬가 그려진 하얀 찻잔이 인테리어 주조색인 파란색과 대비를 이루면서도 간결하게 어울려 세련된 느낌을 자아냈다. 여기에 귀여운 캐릭터가 그려진 냅킨까지 이들과 완벽한 조화를 이루었다. 우리는 즐거운 마음으로 크레이프와 커피를 즐겼다.

그렇게 뚝딱 먹어 치운 첫 번째 크레이프 맛이 기억에서 사라진 다음 날, 길을 걷다가 또 다른 크레이프 집을 발견했다. 첫 번째 크레이프 집이 다양한 토핑으로 제대로 된 식사까지 가능한 곳이었다면, 이곳은 간단하게 디저트로 먹기 좋은 크레이프를 파는 곳이었다. 특히 테이크아웃이 가능해서 길거리 토스트처럼 저렴한 가격에 따끈하게 먹을 수 있다는 점이 마음에 들었다. 가게 입구 옆에 있는 작은 창으로 주문하면 되는데, 아이 셋이 어떤 맛을 고를지 엄청 심각하게 고민한 뒤 주문했다. 우리 집 아이는 막내의 특권으로 언니들보다 먼저 착착 접어진 크레이프를 받아 들고는 앙, 하고 한 입 크게 베어 물었다.

출출할 때 먹은 뜨끈하고 달콤한 간식의 맛은 잊을 수가 없나 보다. 파리 다녀와서도 아이에게 '언니들과 먹은 그때 그 크레이프' 얘기를 한참 동안 들어야만 했다.

지루할 틈 없는
개성 있는 숍의 천국

포르투갈, 리스본 _ LX 팩토리
LISBON IN PORTUGAL

유럽의 구석구석을 꽤 많이 다녀본 우리는 포르투갈 리스본 여행을 크게 기대하지 않았다. 예스러운 전통이 남아 있고 그 나름의 멋이 있는 곳이라 있는 그대로, 특별히 꾸며 놓지 않아도 그들만의 낭만과 색감이 있다는 걸 이미 알고 있었기 때문이다. 리스본의 아름다운 골목길을 마음껏 걸어 보았고, 오래된 트램도 타 보았고, 도시의 가장 높은 곳까지 올라가 도시 전경을 보고 난 뒤에는 이 도시에서 더 이상 놀랄 일은 없을 것으로 생각했다.

예상은 빗나갔다. 그날 남편은 아주 멋진 곳을 발견했다며 차를 몰았다. 시내에서 멀지 않은 외곽 지역이었는데, 약간 오래된 작은 마을 같은 느낌이었다. 입구나 특별한 표시도 없는, 터널 비슷한 곳을 통과하자마자 아주 넓은 공간이 모습을 드러냈다. 그곳이 바로 LX 팩토리였다.

1846년 섬유 산업이 발달했던 리스본에 거대한 섬유 공장이 들어섰던 곳인데 공장이 다른 곳으로 이동하면서 폐허가 되었고, 2008년에 복합 문화공간으로 재탄생한 곳이다. 무려 2만 3천 제곱미터에 달하는 공간에 200여 개의 비즈니스 공간이 들어섰다. 사실상 폐공장을 개조한 아트 디스트릭(Art

Islam

District)이라 불리는 공간은 대부분 규모가 큰 상업시설(일종의 쇼핑몰)이 들어오거나, 아니면 폐공장과 상업 공간이 공존해서 늘 공사 중이라는 인상을 주기 쉽다. 하지만 이곳은 공방과 갤러리 등의 예술 공간을 비롯해 개성 있는 상점과 카페, 레스토랑이 들어서 있었다. 거리마다 멋진 그라피티(graffiti)도 구경할 수 있었다.

우리는 차례로 공간들을 돌아보았다. 가게에 들어갔다 나오기를 반복하는데도 지루하기는커녕 점점 기대감이 커진다. 다음 가게는 어떤 물건을 파는지, 어떻게 디스플레이했을지, 어떤 색감일지 궁금증을 자극하는 걸 보면 이곳은 성공한 재생 공간인 것 같다.

여기저기 둘러보다가 아주 멋지고 경이로운 공간을 하나 발견했다. 남편과 내가 꿈꾸는 로망의 공간이라고나 할까. 바로 레르 데바가르(Livraria Ler Devagar)라는 북 카페다. 상호는 '천천히 읽기'라는 뜻인데, 세계에서 가장 아

가게를 돌아볼수록 어떤 물건이 있을지 기대감이 커진다.
궁금증을 계속 자극하는 걸 보면 이곳은 성공한 재생 공간인 것 같다.

름다운 서점 20곳 중 하나로 선정되기도 했다. 카페는 3층 정도 높이인데, 한쪽은 계단이고 벽 위쪽까지 책장이 달려 있다. 가장 눈에 띄는 건 높은 천장에 매달려 있는 커다란 구조물이었다. 우산을 쓴 사람이 외발자전거를 타고 있는 구조물은 와이어로 연결되어 있다.

1층에는 술과 음료를 파는 바와 테이블과 의자들이 놓여 있고, 그 옆으로 아이들이 놀 수 있는 작은 어린이 코너가 있다. 술을 마시면서 책을 읽고 아이도 놀 수 있는 풍경이라니, 너무 멋지지 않은가.

2층과 3층은 더욱 신기한 곳이다. 아주 옛날에 쓰던 프레스기와 인쇄물을 찍는 기계들이 있었는데, 그곳에서 작업하는 사람들이 있었다. 여전히 오래된 기계로 작업을 하는 할아버지도 만날 수 있다. 그 작업대 중의 하나는 체험 공간이다. 종이와 각종 색연필이 놓여 있고 마음대로 그림을 그려서 가지고 갈 수도 있고, 그곳에 두고 올 수도 있다. 아이가 더없이 즐거운 경험을 할 수 있었던 특별한 공간이었다.

방직 공장을 개조한 디자인 복합 문화 공간

폴란드, 우츠 _ 마뉴팍투라 & OFF 피오트르코브스카
ŁÓDŹ IN POLAND

○

여행할 때 '거기 꼭 가봐, 진짜 좋아, 맛있어, 멋있어'라고 하는 건 아주 개인적인 취향이라 누군가에게 여행지나 맛집을 추천하거나 추천받는 건 좀 꺼리게 된다. 그래도 뻔한 것을 싫어하고 유니크함을 즐기는 사람이라면 폴란드의 우츠는 개인적으로 추천하고 싶은 도시다. 유명한 여행 가이드북인 '론리 플래닛'에서도 이곳을 추천한 바 있다.

폴란드 우츠는 우리에게 꽤 생소하지만 2019년 FIFA U-20(유소년) 축구대회 결승전이 열린 도시다. 딱 그맘때 우리는 이곳에 방문했는데, 마음에 꼭 드는 장소를 찾았다.

폴란드 우츠는 방직 산업이 번성했다가 세계 2차 대전 이후 방직 공장이 망하고 사람들은 모두 빠져나가 공황 상태의 도시가 되었다고 한다. 우츠의 방직 공장은 유대인의 소유였다가 프랑스 어느 개발자가 이 건물을 구입해 재건축 사업을 진행하면서 도시 재건 사업을 하게 되었고, 우츠는 완전히 새로운 다른 도시로 탈바꿈하게 된다. 우츠 시내에는 새로운 모습으로 재탄생한 방직 공장이 두 곳인데, 복합 쇼핑몰과 영화관, 박물관이 합쳐진 마뉴팍투라(Manufaktura)와 디자인과 패션 관련 숍과 레스토랑, 공연장 등이 있는 복합 문화 공간인 OFF 피오트르코브스카(OFF Piotrkowska)가 그곳이다.

우린 두 곳을 모두 둘러봤다. 서로 다른 느낌이지만 비슷한 재건 사업으로 성공한 곳이라 두 공간을 비교해 보고 싶었다. 마뉴팍투라가 전 연령을 아우르는 대중적인 공간이라면 OFF 피오트르코브스카는 힙한 느낌이라 젊은이들이 좋아할 만한 공간이었다.

마뉴팍투라는 넓은 야외와 여러 개의 건물이 따로 있는, 미국식 야외 아울렛 쇼핑몰 같은 느낌이었다. 특이한 점이라면 한쪽에 큰 모래 놀이터가 있어서 누구나 놀 수 있고 누구나 쉴 수 있다는 점이다. 스케이트장, 볼링장, 헬스장 등 스포츠를 즐길 수 있는 공간도 있다. 제일 큰 건물 안에는 세계적으로 유명한 폴란드 브랜드를 포함하여 다양한 브랜드가 밀집해 있는 쇼핑몰이 있고, 그 오른쪽으로는 레스토랑이 자리 잡고 있다.

쇼핑몰 맞은편으로 넘어가면 박물관과 영화관이 있다. 이곳은 오래된 건물 몇 개만 남기고 새로 리모델링한 건물이 많아서 재생 공간이라는 느낌보다는 모던한 분위기가 강하다. 그래서 안쪽도 바깥쪽도 깨끗한 느낌이다. 아이들이 있는 가족이라면 온종일 이곳에서 놀아도 지루할 틈이 없을 것 같다. 기차역 근처 시내 한복판에 있는 쇼핑몰이니 사람들을 불러 모으는 효과가 확실히 있어 보였다.

우리는 이곳에 잠시 머물렀다가 바로 OFF로 향했다. OFF 피오트르코브스카는 마뉴팍투라에서 차로 10분 정도 거리에 있다.

OFF 역시 우츠 시내에 있어서 가볍게 지나가다가 들르는 정도로 갈 수 있는, 접근성이 좋은 곳이다. 입구는 다듬어지지 않은 듯한 거친 벽면 사이

Pszczoły
Drzewa
KLAPU KLAP

M.O.D.A.
DESIGN
Ale miasta!

Grzegorz Kupczyk
CETI
KONCERT
KIPISZ
SUPER
NATURAL
Dzieci Wszechświata
Człowiek
Human

LUSSURIA
SSRI

OFF

에 있는데, 제일 높은 건물에 OFF라는 사인이 크게 그려져 있어서 멀리서도 쉽게 찾을 수 있다.

겉에서 보기엔 그냥 여러 개의 건물이 모여 있는 일반적인 마켓 공간 같았는데, 안쪽에 들어서면서 우리의 생각은 완전히 달라졌다. 비슷한 듯 다른 느낌의 건물들이 서로 이어져 있고 그 안에 작은 숍들이 입점해 있는 형태다. 디자인과 패션 관련 숍들이 많고, 힙한 분위기의 바와 레스토랑들이 문을 활짝 열어 두고 영업 중이었다. 레스토랑 앞쪽에는 오후 영업 준비를 시작하는 듯 테이블과 의자들을 내놓고 정리하고 있었다.

한눈에 봐도 젊은이들이 많이 몰릴 수밖에 없는 감각적인 분위기가 충만한 느낌이다. 어느 앵글에서 찍어도 '멋짐'이 묻어나는 분위기가 이곳의 매력인 듯하다. 붉은 벽돌의 오래된 건물은 날 것 그대로의 분위기가 있다. 원래도 잘 지어진 건물인데 허물어진 곳이나 망가진 곳 없이 관리가 잘되어 있어 그런지 깔끔한 인상이다. 오래된 건물의 아래쪽에 컨테이너를 이어 붙이거나 새로운 건물과 연결해 빈 곳은 없으면서도 서로 어우러지도록 노력한 흔적도 엿보인다. 실용성에 가장 중점을 둔 것으로 보이는 건물 안쪽에는 디자인과 패션, 건축, 음악 관련 산업을 하는 사무실들이 있다고 한다.

6월의 따사로운 햇볕과 하늘빛이 더해져서, 멋진 곳이 더 멋져 보이는 마법을 경험하는 것 같았다. 건물을 둘러보다가 마음에 드는 가게가 있어 들어갔다. 폴란드 디자이너들이 디자인한 에코백과 티셔츠, 어린이 옷과 소품, 그림책을 파는 편집숍이었다. 깔끔한 디자인에 가격도 적당한 편이라 선물용 에코백 하나와 내가 들고 싶은 작은 에코백 하나, 아이와 친구들에게 줄 만화경을 샀다. 만화경(칼레이도스코프, Kaleidoscopic)은 거울로 된 통에 형형색색

27. Yach Film
Y
19—22/06
DOM 'OFF
ŁDZ '19

RESTAURACJA

Limonka

의 작은 구슬이나 종잇조각을 넣은 것으로, 계속 돌리면서 들여다보면 아름답고 색다른 모양이 끊임없이 만들어지는 것을 볼 수 있다.

가게들을 구경하다가 밖에 나와서 간식거리를 찾았다. 메인 건물에서 출구 쪽으로 돌아서니 넓은 마당에 푸드 트럭들이 한 줄로 쭉 자리하고 있고, 그 앞 작은 잔디밭에는 자유롭게 먹을 수 있도록 간단한 피크닉 테이블과 의자들이 놓여 있었다. 우리도 간단히 먹을거리를 사 와서 잔디밭에 자리를 잡았다. 몇 개 없는 의자들은 먼저 온 사람들이 차지하고 있어서 우리는 그냥 잔디에 앉아 있었다. 이곳은 낮에는 간단하게 먹을거리를 파는 푸드 코트가 되고 저녁에는 맥주와 칵테일을 파는 야외 바가 된다.

이곳은 몇 년 사이 폴란드를 대표하는 핫플레이스가 되었다고 한다. 낮에는 이발소였다가 저녁에는 술을 파는 바로 바뀌는 가게가 있는가 하면, 어느 날에는 화려한 패션쇼가 열리기도 한다. 사람들이 몰리니 맛있는 레스토랑도 많아져서 폴란드 맛집으로 검색되기도 한다. 온 유럽에서 멋을 아는 젊은이들이 소문을 듣고 모여든 결과다. 제대로 만든 재생 공간은 사람을 불러 모으는 역할을 톡톡히 하는 것 같다.

tät!
44 933
St. Gilgen
WÖRMANN

Part. 3

유럽의 마켓, 도시 여행의 새로운 발견

Uncommon days in Europe

눈과 입이 즐거운 유럽 마켓 구경하기

유럽은 어느 도시를 가든 광장이 있고, 그 광장에는 늘 마켓이 있다. 과일이나 채소, 꽃을 파는 열린 마켓도 있고, 고기와 빵, 커피 등 다양한 먹을거리를 파는 푸드 마켓도 있다. 운이 좋은 날에는 여행지에서 우연히 빈티지 상품들을 구경할 수 있는 빈티지 마켓을 만나게 될 수도 있다.

여행할 때 그 지역의 마켓을 구경하는 것은 빼놓을 수 없는 즐거움 중 하나다. 일단은 눈이 즐겁고, 그다음으로는 입이 즐겁다. 다른 나라 사람들은 무얼 먹으면서 사는지, 어떤 음식 재료가 있는지, 어떤 물건을 사용하는지… 나와 다른 사람들의 생활을 들여다보는 일은 생각보다 흥미롭다. 사람들의 시시콜콜한 일상을 엿보는 재미로, 우리에게 마켓은 여행 중에는 으레히 꼭 들러 보는 장소가 되었다.

AND NARCISSI

흥겨운 음악 소리가 들리는
시골의 작은 축제

영국, 이스트서식스 _ 로컬 마켓
EAST SUSSEX IN ENGLAND

영국 여행 중에 기억에 남는 마켓을 꼽으라면 단연 이곳이다. 일부러 찾아갈 만큼 큰 마켓도 아니고, 대단한 볼거리가 있는 곳은 더더욱 아니다. 그럼에도 이곳이 생각나는 이유는, 동화 속 작은 마을의 아기자기한 축제를 살짝 엿본 것 같은 즐거움과 설렘이 있어서였는지도 모른다.

영국의 바닷가 도시인 브라이턴 근교에 이스트서식스라는 지역이 있다. 이곳에 영국의 유명 관광지인 세븐시스터즈가 자리하고 있다. 우리는 브라이턴에서 이층 버스를 타고 1시간 정도 구불구불한 시골길을 달려 세븐시스터즈 가까이에서 내렸다. 버스에서 내리고 나서야 세븐시스터즈 입구까지 가려면 또 다른 버스를 타고 이동해야 한다는 사실을 알았다.

세븐시스터즈는 6년 전쯤 한 번 왔던 곳이라 어떻게 왔는지 기억에 없었다. 우리가 내린 곳에서는 버스 티켓을 구할 수도 없었고, 버스가 몇 시에 올지 알 수도 없었다. 우리는 그냥 세븐시스터즈의 입구까지 걸어가 보기로 했다. 걸어야 하는 거리가 2km 가까이 되어서 아이가 잘 걸어갈 수 있을까 살짝 고민했으나 딱히 선택의 여지가 없었다. 일단 날씨가 좋아서 별일이야 있겠냐 싶은 마음으로 걸음을 옮겼다.

버스에서 내려 조금 걷다 보니 아기자기한 마을의 입구가 나타났다. 마을 안쪽에서는 흥겨운 음악 소리가 들려왔고, 막 시장이 열린 듯 분주한 상인들과 장 보러 나온 동네 사람 여럿이 모여 웅성거리고 있었다. 호기심에 마을로 들어섰다. 시장 한쪽에는 악기를 든 연주자들이 모여 음악을 연주하고 있었고, 장바구니를 든 사람들이 삼삼오오 모여서 마켓을 구경하고 있었다. 딱 봐도 셀러가 10명 안팎인 작은 로컬 마켓이었다. 빵이나 채소, 꽃을 파는 상인들이 있고 집에서 쓰던 물건들을 가지고 나와 파는 사람도 보였다. 이런 방앗간을 그냥 지나칠 수는 없었다. 눈 돌릴 틈도 없이 우린 '이것 좀 봐, 저것 좀 봐'를 외치며 서로의 손을 잡고 이끌었다. 일단 나는 약간 허기가 진 배를 채우려고 양파가 올려진, 먹음직스럽게 생긴 포카치아 빵 한 덩이를 샀다.

돌다 보니 주차된 오렌지색 빈티지 벤 앞에 집에서 가지고 나온 듯한 주방 살림을 파는 곳이 눈에 띄었다. 마음씨 좋아 보이는 노부부가 미소를 보내면서 천천히 구경하라며 이것저것 보여주었다. 영국 시골 마을 사람들은 어떤 취향을 가지고 있는지, 어떤 그릇을 선호하는지 보여주는 테이블 같았다. 영국은 영국만이 가지고 있는 분위기가 있어서 그런지 프랑스 제품들처럼 화려하지는 않지만 볼수록 탐나는 물건이 많다. 블링블링하고 화려한 플라워 프린트 도자기들보다는 조금 투박한 느낌의 핸드페인팅 도자기들에 더 정감이 간다.

이렇게 잠깐의 쇼핑을 마치고 아쉬운 마음에 마켓을 조금 더 둘러보면서 분위기를 즐겼다. 흥겨운 라이브 음악과 사람들의 웅성거림, 아침 햇살과 파란 하늘의 조화가 마치 천상에 온 듯한 기분을 안겨줬다. 여행지에서 우연히 만난 마켓으로 내 기분은 이미 땅에서 붕 떠 있는 느낌이었다.

행복한 시간을 뒤로 하고 마을을 떠나 다시 세븐시스터즈로 향했다. 가는 길에 셜록 홈스가 여생을 보냈다는 집도 만났고, 따스하고 정감 있는 정원을 가꾼 집들도 지나쳤다. 바로 옆에서 풀을 뜯는 양 떼도 만나고, 바람이 쌩하고 불 때마다 팔을 높이 쳐들고 미친 듯이 뛰어가 보기도 했다.

한참을 가다가 조금 지쳤을 때 아까 마켓에서 산 포카치아를 꺼냈다. 아침에 구워 둔 빵이 식어 약한 온기가 손끝에서 느껴졌다. 손으로 뚝뚝 떼어 한 입씩 베어 물고 길을 걷는데, 배가 고파서 그랬는지 아니면 날이 좋아 그랬는지… 세상에 이렇게 맛있는 빵이 있다니! 셋 다 포카치아는 정말 맛있구나를 연발하면서 허겁지겁 빵을 입에 넣었다. 게 눈 감추듯 먹어 치우고 나서야 후회했다. 우린 왜 포카치아를 한 덩이만 샀을까.

풀을 뜯는 양 떼, 따스하고 정감 있는 정원을 품은 집…
여행을 하다가 우연히 만나게 되는 예상치 못한 풍경이 준 행복이다.

프랑스의 아름다움을 집약적으로 모아놓은 곳

프랑스, 스트라스부르 _ 도심 마켓

STRASBOURG IN FRANCE

○

중유럽에 사는 우리는, 가끔 프랑스 감성이 그리울 때 스트라스부르의 아름다움을 떠올리곤 한다. 여행하면서 들렀던 곳이긴 하지만 다시 꼭 가보고 싶었던 도시 중 하나였다.

스트라스부르는 프랑스 마을 중에서도 보석같이 아름다운 곳으로 유명하다. 독일 알자스 지역과 국경을 마주하고 있는데, 프랑스만의 감성과 깨끗함이 늘 유지되는 마을이다. 동화책에 나올 법한, 갈색 나무를 이어 붙인 외벽 장식을 한 파스텔톤의 건물이 줄지어 서 있다. 도시 한가운데에 라인강이 흐르고, 그 강길을 따라 아름다운 산책길이 펼쳐져 있다.

스트라스부르의 아름다움이 시작되는 4월 초, 벚꽃이 날리는 시기에 다시 들른 이곳에서 우연히 프랑스 빈티지 마켓을 만났다. 프랑스 빈티지는 수십 년, 수백 년의 세월이 흘렀는데도 여전히 아름답고 빛이 난다. 미적인 기준에서 본다면 관점에 따라 차이는 있겠지만, 프랑스가 지금까지 가장 아름다운 제품들을 만들어 내지 않았나 싶다.

스트라스부르의 빈티지 마켓은 크게 알려지진 않았다. 규모가 그리 크지 않고 파는 물건들도 대단히 볼만한 것이 나오는 건 아니기 때문이다. 그런데 그 도시만이 가지고 있는 감성이라는 게 있어서일까. 비교하자면 파리의 빈티지 마켓은 아름다운 물건도 많지만 소위 팔릴 만한 비싼 물건들과 별로 비싸지 않은 것을 비싸게 팔려는 욕심 가득한 장사치들도 많아서 물건의 옥석을 가리는 일이 꽤 성가시다.

그런데 스트라스부르의 마켓은 자신의 잇속을 챙기려는 사람들보다는 그저 자신의 일을 묵묵히 하는, 오랜 경력을 가진 전문 상인이 더 많다. 오래되고 아름다운 물건도 많았고, 예상을 크게 벗어나지 않는 합리적인 가격대를 형성하고 있다.

이 마켓은 빈티지 마켓과 일반 시장 마켓이 섞여 있는 모양새다. 앞쪽으로 쭉 정렬해 있는 빈티지 테이블들을 지나면 생선이나 해물을 파는 테이블,

빵이나 과자를 파는 테이블이 있다. 그리고 꽃을 사랑하는 프랑스인들답게 꽃을 파는 테이블도 여럿 보였다. 이들의 감각은 익히 알고 있었지만, 테이블도 하나같이 예쁘게 꾸며 놓아 감탄이 절로 나온다. 특히 빨강, 초록 체크가 섞인 패브릭을 깔고 그에 잘 어울리는 앙증맞은 꽃 화분을 올려 놓고 파는 테이블이 눈에 띄었다. 그 옆에서는 튤립을 팔고 있었는데, 한 다발씩 갈색 종이에 후루룩 말아서 플라스틱 통에 꽂아두었는데도 그 무심함이 왜 그리 멋져 보이던지.

채소 파는 테이블의 상인은 대파같이 생긴 릭(마늘과의 채소지만 아주 큰 대파같이 생겼다)을 바퀴 달린 라탄 수레 같은 곳에 툭툭 꽂아두었는데 그것도 꽤 멋스러웠다. 다양한 멜로디가 모여 조화로운 음악이 되듯, 개성 넘치는 물건과 상인들이 모여 마켓을 이루었으니 그 감각이야 말해 무엇하겠는가.

빈티지는 세월의 무게와 함께 영화로웠던 옛날을 기억하듯 그 자체로 눈부시다.
오래되어도 변치 않는 아름다움이란 바로 이런 게 아닐까 싶을 만큼.

다듬어지지 않은
보석을 만나러 가는 길

벨기에, 리에주 _ 선데이 플리 마켓

LIEGE IN BELGIUM

○

아침 일찍 서둘러서 마켓을 향해 나섰다. 마켓을 보러 오긴 했지만, 여행 중이어서 시간을 많이 빼앗길 순 없었기 때문이다. 입김이 나오는 1월의 싸늘한 날씨지만 아침 공기는 맑고 차서 좋다. 기온은 낮지만, 봄날같이 따사로운 햇살이 내리쬐는 리에주의 아침 공기가 상쾌했다. 아이들은 집에 두고 남편과 나 그리고 길 안내자인 남편 친구 셋이서 오전 벼룩시장에 나왔다. 매주 일요일 오전에 열린다는 리에주 마켓이 너무 궁금했다. 리에주에 10년 넘게 살고 있는 남편 친구는 '그냥 별거 없다'라는 말을 반복했다. 기대 없이 가야 실망도 하지 않는 법이니.

리에주 마켓은 골목 안 큰 공터에 펼쳐져 있었고, 많은 상인이 두 줄로 길게 늘어서 있었다. 오전 9시쯤 도착했는데, 이미 거의 모든 물건이 세팅되어 있었다. 물론 벼룩시장이라 세팅의 개념이 좀 다르긴 하다. 예쁘게 정리되어 있는 곳은 거의 없고, 상자째 바닥에 내려놓거나 물건이 보이도록 펼쳐만 놓아도 세팅 끝. 유명한 도시에서 열리는 대규모 벼룩시장이 아니라면, 이렇게 자연스럽게 펼쳐 놓는 곳이 대부분이다.

이곳 상인 중 타 지역에서 온 사람들은 거의 없었다. 매주 이곳에서 빈티지 물건을 판매하는 전문 상인과 자기 집에 있는 것들을 갖고 나와 판매하는 동네 상인, 이렇게 두 부류 정도로 나뉘는 것 같았다.

리에주는 프랑스어를 쓰기 때문에 마켓 가는 길에 숫자만 프랑스어로 반복해 암기했다. 가격과 '얼마에요?'라는 문장만 알면 일단 물건을 사는 데는 문제가 없다. 의사소통이 되어야 물건도 사고팔 수 있으니까.

리에주 벼룩시장은 다듬어지지 않은 보석 같은 느낌이다. 거칠고 세척되지 않은 제품들이 대부분이지만, 잘 고르면 꽤 괜찮은 물건들을 살 수 있다. 게다가 장식적인 제품과 고급 소재가 쓰인 제품이 많았다. 다만 쓰던 물건들이 주를 이루고 있어 사용감이 적고 보관 상태가 좋은, 최상급의 물건을 고르는 게 쉽진 않았다. 하지만 영국이나 프랑스만큼 값이 비싸지 않은 데다가, 리에주 상인들은 흥정 따위는 해본 적 없는 사람들인 듯 가격을 쿨하게 부른다.

물건의 종류는 셀 수 없을 정도로 너무나 다양하다. 백 년 된 진정한 앤티크 제품을 판매하는 상인부터 집에서 굴러다니는 틴케이스나 장난감을 파는 상인까지 있어서 구경만 해도 재미있다.

이곳에는 프랑스 빈티지들과 벨기에에서 흔히 쓰인 물건들, 그리고 이탈리아나 영국, 스페인 등 여러 유럽에서 흘러 들어온 물건들이 혼재되어 있었다. 이들도 프랑스처럼 장식 소품들을 좋아하는 편이라 조명이나 액자, 작은 장식품들이 많았고, 소재도 주물이나 도자기류들이 많았다. 독일 마이센(Meissen) 포슬린의 영향을 받아 18세기부터 도자기를 만든 벨기에는, 특히 파스텔톤의 도자기 인형을 잘 만드는 나라 중 하나였다고 한다. 지금도 벨기에 도자기 브랜드들이 유통되고 있으니 잘 찾아보면 오래된 명품 벨기에 도자기 인형을 발견할 수도 있다.

개인적으로 도자기 인형보다 오래된 빈티지 가구나 조명에 관심이 갔다. 싸 들고 집에 가고 싶을 정도로 마음에 드는 큰 조명이나 의자도 있었지만,

그런 건 일찌감치 마음을 접어야 편하다. 마음으로 찜한 물건들은 눈으로 담고 조용히 마음을 접었다.

사실 원하는 물건만 보며 빠르게 훑어도 한두 시간이 훌쩍 흘러가기 때문에 생각할 여유 따위는 없다. 열이 두 개로 나뉘어 있고, 한쪽 열만 해도 거의 50m 가까이 늘어서 있는 규모다. 우린 두 개 조로 나뉘어 마음에 드는 물건을 사기로 했다. 남편과 남편 친구가 한 조, 나 혼자 한 조. 자꾸 숫자를 프랑스어로 말하다 보니 처음에는 어색하던 말이 입에 착 붙어서 말하기 훨씬 편해졌다. 다만 말이 길어지면 못 알아들으니 적당히 말을 잘라줘야 한다.

1시간 반 정도 마켓을 돌며 꽤 맘에 드는 쇼핑을 마치고 나니 양손이 무겁다. 마음에 드는 물건이 많고, 가격이 예상을 벗어나지 않으며, 생각하지 못했던 디자인의 제품을 만나는 것. 이 세 가지 조건을 충족했다면 그날의 벼룩시장 쇼핑은 무조건 성공이다.

공원 전체가
축제가 되는 마켓

독일, 베를린 _ 마우어 파크 마켓
BERLIN IN GERMANY

베를린에 가본 사람들이라면 어느 순간 베를린이 '힙합'의 중심지가 되었다는 것에 공감할 것이다. 베를린은 프라하에서 차로 3시간 반이면 갈 수 있는 도시라 여러 번 갈 기회가 있었다.

베를린은 독일의 수도라는 본질이 있다고 하더라도 묘하게 서독과 동독의 문화가 공존하는 독특한 그곳만의 분위기가 있다. 베를린은 2차 세계 대전 때 초토화되어서 새로운 도시로 탈바꿈했다고 해도 과언이 아니다. 그래서인지 새롭게 지은 건물들이 눈길을 사로잡는다. 거기에 감각 있는 유럽의 젊은이들이 속속 모여들어 새로운 바이브를 형성하고 있었다. 지금 베를린은 넘쳐나는 외국인들 때문에 나타나는 사회적 문제가 심각하다지만, 자유로운 분위기에 눈을 즐겁게 해주는 것들이 많아서 베를린에 갈 때마다 늘 재미가 넘친다.

우리는 베를린 여행 일정을 잡을 때 늘 토요일을 낀다. 이유는 베를린의 가장 큰 벼룩시장을 가기 위해서다. 마우어 파크(Mauer Park) 라고 불리는 공원에서 토요일마다 열리는 시장인데, 이 공원은 베를린에서도 규모가 꽤 큰 곳으로 주말이면 물건을 파는 상인들과 사러 오는 사람들, 그냥 즐기러 오는 사람들로 넓은 공원이 꽉 메워진다.

사실 이곳에서는 값어치 있는 리얼 앤티크를 구경하기는 힘들다. 상인들은 두 부류로 나뉘는데, 한쪽은 빈티지 소품이나 그릇류를 판매하는 오래된 상인들이고 다른 한쪽은 새로운 제품을 만들어서 판매하는 신진 디자이너들이다. 이 마켓은 새로운 디자이너들이 접근하기 쉬운 입지와 합리적인 가격이 가장 큰 매력이다. 베를린 특유의 '힙함'과 다른 서유럽에 비해 상대적으로 저렴한 물가 때문에 베를린은 유럽 전역에서 몰려드는 젊은이들로 인산인해를 이룬다.

눈도 쉬고 다리도 쉴 겸 우리도 언덕 위로 올라갔다. 잔디가 마치 자신들의 침대라도 되는 양 벌러덩 누워 있는 사람이 많아 가만히 앉아 있는 우리가 오히려 어색할 지경이었다. 햇빛을 즐기느라 옷을 벗은 사람도 많아서 처음에는 당황스러웠지만, 그런 상황도 금세 적응되었다.

우리도 그늘에 자리를 잡고 앉아 그 분위기를 즐겨 보기로 했다. 가져간 샌드위치로 간단히 요기하면서 버스킹 공연도 보고, 사람들도 구경했다. 우리 뒤쪽으로는 공원 담벼락이 쭉 이어져 있었는데, 그곳에서는 길거리 화가들이 새로운 그라피티를 그리고 있었다. 퍼포먼스를 하듯 스프레이를 뿌려대는 모습은 마치 온몸으로 공연하는 것처럼 보였다.

잠시 쉬었다가 내려가 보니 아이들을 위한 놀이터가 있었다. 놀이터에는 큰 풍선이 설치되어 있어 아이들이 마음껏 뛰어 놀 수 있었다. 입장료도 없어서 누구나 자유롭게 시설을 이용할 수 있었다. 우리 아이도 신나게 다른 아이들과 어울려 뛰어다녔다. 풍선 위라 넘어져도 다치지 않으니 부모로서는 안심이 되는 놀이터였다.

한참을 뛰어서 얼굴이 벌겋게 달아오른 아이를 데리고 다시 마켓으로 갔다. 조금 더 물건을 구경하다가 배가 고프다는 아이를 위해 숯불에 구워 파는 꼬치구이를 샀다. 먹으면서 구경하고, 지치면 쉬었다가 다시 구경하기를 반복하다 보니 오후가 훌쩍 지난다. 이렇게 재미난 곳이니 자주 올 만한 이유는 충분하지 않은가.

시청 앞에서 열리는 거대한 판타지

오스트리아, 빈 _ 크리스마스 마켓

WIEN IN AUSTRIA

오스트리아 빈의 크리스마스 마켓은 중유럽 도시 중에서도 손꼽히는 멋진 마켓으로 알려져 있다. 빈은 당시에 살던 집과도 가까워서 장 보러 들를 만큼 자주 다녔다. 체감상 빈은 체코의 다른 도시들과는 완연히 다른 분위기가 느껴진다. 시원시원하게 뻗어 있는 도시 풍경과 널찍하게 잘 가꾸어져 있는 궁전과 공원들도 보기 좋다. 거리도 항상 잘 정돈되어 있고 깨끗해서 '깍쟁이' 도시 같은 느낌이 든다.

파리 사는 지인에게 들으니, 파리 사람들은 빈의 이 깔끔함을 경멸하듯 싫어한다고 한다. 돈 자랑하는 느낌, 한국으로 치자면 졸부의 느낌이 강하다고 느껴진단다. 자기들끼리야 어떻든 간에 우리가 보기에 빈은 살기 좋고 깔끔하게 잘 꾸며놓은, 겉으로도 부를 자랑하는 도시가 맞다. 쇼핑몰도 잘되어 있어서 쇼핑하기 편한 것도 사실이다.

우리 역시 주로 쇼핑하러 가는 도시가 바로 빈이었다. 한 달에 두어 번 가는 도시라 크리스마스 마켓 역시 일부러 보러 간다는 기분도 아니었고, 큰 기대도 하지 않았다.

빈의 크리스마스 마켓은 도심에 있는 시청 앞에서 펼쳐진다. 시청 앞 광장은 평소에는 그냥 공원인데, 마켓이 펼쳐질 때는 광장이 꽉 찰 만큼 많은 가게가 들어선다. 또 부를 자랑하는 도시답게 시청 건물부터 마켓 입구에 놓인 간판과 각 가게의 지붕까지 엄청나게 많은 전구를 달아 둔다. 멀리서도 반짝반짝 눈에 안 띌 수가 없어 사람들의 시선을 사로잡는다.

오스트리아의 마켓은 전체를 짜임새 있게 구성한다. 크리스마스 장식과 각종 먹을거리를 파는 가게들이 쭉 이어져 있고, 중간에 공연하는 곳과 크리스마스 피규어를 가져다 둔 포토존 등으로 나뉘어 있다. 관광객이 많은 도시인 만큼 크리스마스 마켓을 구경할 때는 늘 정신을 바짝 차리고 다녀야 한다. 유럽의 크리스마스 마켓들은 규모와 시장의 분위기는 조금씩 달라도 하나로 통하는 비슷한 분위기가 있다. 소품과 음식을 팔고, 사람들은 그걸 사고 먹으면서 크리스마스 시즌을 즐긴다는 점이다.

이곳 마켓이 다른 곳과 특별히 차별화되었던 점은 시청 안에서 열리는 이벤트였다. 크리스마스 이벤트가 열린다는 포스터를 보고 들어가니 어린이를 위한 행사가 열리고 있었다. 크리스마스 쿠키, 오너먼트, 카드 만들기 같은 체험 행사다. 그 외에도 부스별로 여러 가지 행사를 하고 있었는데, 부스마다 도우미가 있고 어른들은 밖에서 기다리면서 유리창을 통해 아이들을 볼 수 있었다. 우리 아이는 오너먼트 만들기 행사에 참여했는데, 독일어를 못했지만 영어를 쓰는 친절한 도우미의 안내를 받을 수 있었다. 아이는 자기가 만든 오너먼트를 너무나 자랑스러워했다. 다른 아이들과 함께 어울려 참여할 수 있다는 것만으로도 훌륭한 행사였다.

Wiener Adventzauber
30 Jahre

Frohe
Weihnachten

마켓 안의 사람들은 크리스마스를 기다리는 설렘으로 가득했다.
누구나 이 마켓을 즐길 준비가 되어 있다는 듯이 말이다.

볼프강 호수 옆 그림 같은 마을에서 열린 작은 마켓

오스트리아, 장그트 길겐 _ 로컬 마켓

SANKT GILGEN IN AUSTRIA

전 세계가 팬데믹으로 옴짝달싹 못 하고 지내길 2년여, 드디어 잠잠해진 틈을 타 오스트리아 알프스 근처 마을들을 돌아보기로 했다. 우리는 알프스 샤프베르크산(Schafberg Mountain) 근처에 숙소를 잡고 작은 마을만 돌기로 마음먹었다.

우연히 잘츠부르크 근처에 있는 마을 장그트 길겐에 들어갔는데, 그곳에서 작은 마켓을 발견했다. 마침 크리스마스 시즌이라 크리스마스를 상징하는 미슬토 가지를 걸어둔 가게들이 여럿 보였다. 마켓 시작 지점에는 조그만 표지를 세워 두었는데, 토요일 오전 8시부터 오후 1시까지 열린다고 적혀 있다. 동네 사람들로 보이는 이들은 저마다 장바구니를 들고나와 반가운 얼굴로 인사를 나누며 장을 보고 있다. 과일과 채소를 파는 곳, 빵과 케이크를 판매하는 곳, 계란과 시럽을 판매하는 곳, 꿀을 파는 곳도 있었다. 특히 고기와 소시지를 판매하는 곳은 줄을 서야 할 정도로 인기였다.

우리는 베이커리 가게에서 이것저것 먹고 싶은 빵들을 담았다. 예전에도 이런 곳에서 파는 빵을 맛있게 먹은 터라 망설임 없이 골랐다. 관광지라 그런지 영어도 잘 통하고 상인들도 엄청 친절했다.

KRIECHBAUM
Schinken-Spezialitäten
Heisser Leberkäs
10 dag 1,80
Wacholder
Schinken
1/2 kg 4,95
la Cantinetta
PANINI PASTA VINO ANTIPASTI

Qualität!
Tel.: 0664 / 50 44 933
WÖRMANN

마켓을 지나 마을 구경에 나섰다. 아침에 구운 빵인 듯 말랑말랑한 소금빵과 잼을 바른 빵, 돌돌 말린 빵 등 여러 종류를 샀는데 마을을 돌다가 순식간에 다 먹어버렸다. 날이 추워서 금세 출출해진 탓도 있지만, 그것보다 맛이 아주 훌륭했다.

이 마을은 모차르트 어머니의 고향으로 모차르트 하우스가 있고, 모차르트의 누나인 나넬의 닉네임을 딴 카페도 있었다. 성당에서는 모차르트 기념 음악회가 열리고 있었다. 잠시 성당 구경을 하려고 문을 열었는데, 누군가가 파이프 오르간 연주를 하고 있다. 이런 행운이 오다니, 우리는 성당에 울려 퍼지는 아름다운 오르간 연주를 감상하다가 반대쪽 문을 열고 나갔다.

그곳은 성당과 연결된 성당 묘지였다. 성당의 뒤쪽으로는 샤프베르크산이 둘러싸여 있었고, 배경 음악처럼 파이프 오르간 소리가 은은하게 울려 퍼졌다. 마치 이 모든 것들이 우리를 위해 미리 준비된 것처럼 한순간 모든 것이 아름다워 보였다. 하늘에는 구름이 휘감겨 신비로운 감성을 자극했다. 평화로운 마을에서 아름다운 것들을 보고 나니 눈도 마음도 새롭게 정화되는 기분이 들었다.

그림 같은 작은 마을에서 우연히 만난 로컬 마켓,
눈도 마음도 새롭게 정화되는 기분이 들었다.

Vergiss-mein-nicht

Uncommon days in Europe